FOREVER AND A DAY

矢崎 俊二

東京図書出版

FORVER AND A DAY

目次

第1章　思索と四季の哲学……11

第2章　時間と宇宙

第6章　日々の香り……159

第1章

思索と四季の哲学

私のエミトン

人はどのようにして「存在」と出会うのだろうか。

マロニエの木の根を見て嘔吐し、「存在」と出会う人もいるかも知れない。宇宙の中にただ一人で立つ自己自身に身震いして、「存在」と出会う人もいるかも知れない。恋人と過ごす幸せなひと時に感動して「存在」と出会う人もいるかも知れない。

私も何度か、そんな出会いに似た経験をしたように思う。最も感動した出会いの最初は、土星の輪を望遠鏡の中に見た瞬間だっただろう。淡黄色に光る小さな輪を持った土星が、私の目の前に沈黙して横たわっているのを見た一瞬、私の全てが凍りついたような思いがした。距離と時間の膨大さを感じたためだろうか。否、望遠鏡を介して対峙する土星と私との間の沈黙の空間の中で、「存在」に身震いしたのだと、今思っている。14歳の夏の一夜のことだった。

「存在」は初めに「存在」として突如存在したのだろうか？　少なくとも物理学的または天文学的次元での存在として。しかし、「非存在」の中に「存在」が存在したとしたら、「非存在」もまた「存在」の一形式としての存在であったことになる。

エントロピーが増大する未来、宇宙は永遠の眠りにつくのか？　それとも、宇宙は膨張と収縮を永遠に繰り返し続けるのか？
「存在」の中の一存在形式である人間にとり、自らの存在と実存的に出会い、語りかけ、瞬間の「存在」を存在せしめることの意味は、それを取り巻く巨大な「存在」にとって、どんな位置にあるのだろう。

私にとって、私の存在は、時間の流れの変化の中でではなく、時間の一瞬そのもの自体として存在している。TIMEは変化を含有しているが、私の存在は止まったTIMEの中にある。

さて、英語の聖書の中で、神は自分自身を「I am . . .」と表現している。即ちこれは、神は存在そのものだという意味だろう。

私が以前に京都に一時住んでいた時、知人にエミトン（自称）という人がいた。氏は京都のある寺の竹林の中の一室に住み、ドイツ語の家庭教師で収入を得て、京大大学院哲学科に在籍して、西田哲学を勉強していた。氏ともっぱら「存在」について話し合っていた時、「存在」とは言わば「I am . . .」だという話になった。その時、氏は少し考えてから、「でも、むしろ私にとって存在とは、I am . . . というよりもBeing Iだね」と言ったのである。

「存在」の一瞬間の存在、あるいは無限の時間と共に広がっている「存在」としてではなく、やはり未来企図的存在として人間存在をとらえ、この一瞬にありながら常に彼方を見渡しているものとして規定したいということである。

エミトン氏はそれからまもなく、現象学を学ぶために、ドイツへ留学していった。その後、氏からの便りはなく、氏の存在が今どこにあるのかを私は知りえない。

エミトンとは、氏の知人である物理学博士課程の大学院生が、尊敬する朝永振一郎博士に捧げるために書いた存在論をめぐる小説の題名『EMITON』から借りた仮名であった。

EMITON……即ち、その意味は……NO TIME。

パースにおける「探求」によせて

パース（Charles Sanders Peirce: 1839–1914）は、言うまでもなく、近代アメリカ哲学を代表するプラグマティズム（Pragmatism）の創始者として知られ、記号論理学での業績、論理実証主義の先駆者として優れた仕事を残している。

パースによると、プラグマティズムの論理では、たとえば次のように考える……「われわれの概念の対象が、実践的に結実するかもしれないと考えうるものとしてはどのような効果を及ぼすと考えられるか、その点をよく考察したまえ」。

即ち、概念の意味はその概念から引き出される実際的な結果によって確定される、ということになる。ここで、概念の意味は、具体的な行動への効果によって示されるのであり、人間にとって大切なことは、目に見えて、しかも実行可能な行動の習慣を形成することであるとされ、行動の目的は、目に見える結果を生み出すことにある。ここで、パースによれば、行動の目的を実現する過程で、「探求」という概念が必要になる。人間は何かの疑念を抱くと、それが刺激になって問いを発し、そこから信念の状態にたどりつこうとする努力が生じる……この努力をパースは「探求」と名付けた。疑うということは、信念や確定を探求する動機になるのである。

折に触れ、あらゆる概念、あらゆるものの意味を問い、探求し続ける努力を大切にして生きていきたい。

〈参考文献〉
ディアーネ・コリンソン著　山口泰司ほか訳『哲学思想の50人』（青土社）

孤独引力

一般に、質量をもった二物体の間には互いに引き合う力が働いている。この力を万有引力という。ニュートンによると、万有引力の大きさF［N］は、二つの物体の質量m_1［kg］、m_2［kg］の積に比例し、物体間の距離r［m］の二乗に反比例する。即ち、

$$F = G\frac{m_1 m_2}{r^2}$$

で表現される。

（Gは万有引力定数：$G = 6.67408 \times 10^{-11}\ m^3/kg/s^2$）

さて、詩人の谷川俊太郎が「二十億光年の孤独」という有名な詩の中で、こんな事を書いているのを以前に読んだ事があった。

万有引力とは

引き合う孤独の力である

この詩的な意味深い言葉に、私はふと物理学における前記の公式を思い浮かべたのであった。もし、人と人との間に互いに引き合う目に見えない力（それは例えば、集団を作ろうとするようなものかも知れない）があるとするなら、それは、人間がそもそも一人で居続ける事には耐えられない孤独な存在であり、その引き合う力は「孤独引力」とでも言えるかも知れないと、しばし思いをめぐらせたのである。

昔、ある知人が山の中の気象観測所に一人だけで住んでいた。彼が最も耐え難かったのは、厳しい山の生活そのものではなく、他に誰もいないという孤独感だったと話してくれた。勤めを終え、町中へ帰って、人の姿を見、声を聞いた時は実に心がなごんだという。

孤独であるという事、それは単に、物理学的に他人との距離が遠いという事だけではなく、心理的にも精神的にも孤立している状態であろう。哲学者のキェルケゴールが言うように、時に孤独は絶望という「死に至る病」を引き寄せる。

ある外国テレビ映画にこんなのがあった。あるサーカスの一座に非常に醜い容姿の男がいて、誰からも嫌われ相手にされない毎日を送っていた。彼と口をきく女性さえいないのである。ある淋しい雨の夜、彼は雨に打たれながら隠れるように街の見知らぬ娼婦の家を訪ねて、しばらく黙っていてから、泣きそうな声でこう言った。「何もしなくていい。金は全部やる。ただ一言、俺を愛していると言ってくれ」……それは、何と孤独な魂の渇望の声だろう。

孤独な人間の引き合う力を、孤独引力とするなら、万有引力の法則を借りて、何らかの因果関係が成り立たないだろうか？　そこで、次の式を考えてみたのである。

孤独引力の大きさFは、二人の人間の人生の状況の孤独度のl_1、l_2の積に比例し、二人の人間の間の物理的および精神的距離 r の二乗に反比例する。即ち、

$$F = L\frac{l_1 l_2}{r^2}$$

で表現されるとしよう（Lは孤独引力不定数とでも呼んでおこう：LはLoneliness〈孤独〉から)。

しかし、この式では、$r \to \infty$において、$F \to 0$となってしまうので、二人の人間の距離が遠く離れるほど孤独度は小さくなってしまい、現実にそぐわない。そこで、単純に考えて、孤独引力の場合は、次の式が妥当ではないかと考えた。即ち、

$$F = L \times l_1 l_2 r^2$$

これは、何ら根拠のない式であり、そもそも孤独に質量はないので成り立たないのであるが、万有引力のイメージで「孤独」を詩にした谷川俊太郎の感性に深く共感し、何とか「孤独」に関する普遍的な物理学的表現はないものかと考え込んだのであった。

今、あらためて、前述の詩の言葉に続く次の言葉にも、深く共感させられる。

宇宙はひずんでいる
それ故みんなは求め合う

人の心に潜む「裸の王様」

今年（2015年）は、某芸人が芥川賞を受賞したので、芥川賞は一つの話題になりました。これまで、多くの作家などが芥川賞を受賞しています。芥川賞は、純文学短編の無名もしくは新進作家による一番優秀な作品に贈られる賞です。純文学とは純粋な芸術的感動を伝えようとしている小説のことで、大衆小説に対して娯楽性よりも芸術性に重きを置いている小説の総称です。中には童話からヒントを得た作品もあります。

小説家の開高健は、短編小説『裸の王様』で1957年に芥川賞を受賞しています。もともと『裸の王様』は、デンマークの童話作家ハンス・クリスチャン・アンデルセンの童話の一つ（1837年発表）。原題の日本語直訳は「皇帝の新しい服」。スペインの古い伝承をアンデルセンが翻案したものです。

物語の概要

新しい服が大好きなお城の王様のもとに、二人組の詐欺師が布織り職人という触れ込みでやって来る。彼らは、馬鹿や自分にふさわしくない仕事をしている者には見えない不思議な布地を織る事が出来ると言う。何もないからっぽの手を掲げて「これは馬鹿には見えない布です」と王様に見せた。それを聞いた王様は布は見えなかったが、見えない自分は馬鹿だと思われたくないために「おお、素晴らしい布だ！」となにも持っていない手に対して感想を述べる。他の従者達も（見えないのは自分だけではないか？）と思い、馬鹿だと思われたくないために布が見えたふりをして次々と称賛の感想を述べた。王様は大喜びで注文する。職人は織り機を借りて服を仕立て上げたふりをし、材料を買うとだまして大金や金や絹の布地や糸を請求して手に入れて、なにもないのに「服が出来た」と王様に見せる。仕事場に出来栄えを見に行った時、目の前にあるはずの布地が王様の目には見えない。王様はうろたえるが、家来たちの手前、本当の事は言えず、見えもしない布地を褒めるしかない。家来は家来で、自分には見えないもののそうとは言い出せず、同じように衣装を褒める。周りが美しいと言うので王様も（自分には見えないが、きっと美しい服なのだろうと自分に言い聞かせて）それを大金で買い取った。詐欺師たちは王様に、その見えない立派な服を着て町に繰り出し、多くの人に見せて自慢してあげましょうと誘う。そこで王様は、その服がないことは自分でもわかっていたが言えず、触れた感触もないその服を着て、城下町を歩いた。馬鹿には見えない服の存在は町の人々も聞いており、見えもしないのに馬鹿だと思われたくないために、裸の王様の服を次々と賛美した。王様は気を良くして胸を張って歩いた。しかし、そんな事を知らない子供たちが王様を見て笑う。「王様が裸で歩いているぞ」、「裸の王様だ！」

その言葉を聞いた町の人々も徐々に王様が裸であると言い始め、すぐに全員が「裸の王様」と笑い始めた。それに気がついた王様は顔を赤くして、今更着ている服はないとも言えず、ただただパレードを続けるのだった。

この童話の意図するもの、そこから学ぶべき教訓は何でしょう？　これまで、様々な解釈や例えがあります。「馬鹿だと思われたくない」という人間の小さな見栄の指摘。実際には無い実力や権威を見せかける者への批判。実権力とは国民一人ひとりが思い込む事によって生まれる、目には見えない虚栄の衣服のような物という例え。子供のようにありのままに正直に言うことが大事だとの教訓。あるいは、現実の正しい意見よりも、集団が思い込む嘘の方が時には大事であるという例え。裸であっても、王様のようなプライドを持てという人間賛美。「それは違うのではないか？」という疑問を持っていても、周囲が自分と相反する意見を主張すると、自分が間違えているのだろうとあっさり引き下がる人の例え。自分では何も見聞していないのに人の言うことを全て鵜呑みにする、判断力に欠けた上に立つ者の例え。自分にとって都合の良いことを言ってくれる連中だけを周りに置き、都合の悪い話には聞く耳を持たない人の例え。高い地位にあって周囲からの批判や反対を受け入れないために、真実が見えなくなっている人の例え。自分が裸だと気づかない、周囲の人間も、そのことを指摘しない、出来ない、指摘する人間を置かない、要は自分にとって為になる苦言などを言ってくれる人を置かない、困った人の例え……などなど。

何が本当のことなのかを知っていても、わが身を守るためにそれを口に出さずに生きるという事……そのずるさ、愚かさ、恥ずべきこと、人の心の弱さ、人が社会の中で正直に生きることの意味と現実的な難しさ……『裸の王様』は、そんなことを問いかけている哲学的な童話のように思います。

〈参考文献〉
ハンス・クリスチャン・アンデルセン著　大久保ゆう訳『はだかの王さま』（青空文庫）

人が生きる意味とは？

次のような概要の人生相談を新聞で読んだことがあります。久しぶりに目をとめさせられました。

小学生の頃から生きていることの意味を考えるようになり、いろいろ本を読んだり、人に聞いたりしてきたが答えが見つからず、いつの間にか50代になってしまった。今もなおその疑問を抱いて人生がむなしく思うことがあるが、生きていく意味はどう見つけたらよいのか？

これに対して、回答者の有名な哲学者は、生きることの意味は自分で探していくものだというような返事をしています。

人が生きる意味とは？　……それは、人が誰もが人生の途上で考える疑問、あるいは生涯にわたる自分への問いかけであろうと思います。古くは紀元前6世紀の古代ギリシャに出現した歴史上最初の哲学者といわれるタレスに始まる西洋の哲学の歴史の中で繰り返し問われてきた哲学の根本的課題の一つであり、世界三大宗教が教える人生の生き方の基本的課題の一つでもあります。

この回答者は、生きる意味を問う質問者に対して、生きる意味というものはもともと存在するものではなく、自分で見出し作っていくものだと実存主義的な生き方の例を教えています。

なんと小学生の頃から生きる意味を考え、本を読みあさり模索しながら50代まで生きてきて、なおかつまだ悩みながら人生の哲学をしている人がいることに驚き、そして嬉しく思いました。

私はなぜ生き、どう生きていきたいのか？　その問いとともに、この紅葉も始まりかけた美しい秋の日々を過ごしてみたいと思っています。

人生とは

新聞の片隅に載っていたこのような文章をある日読んだことがあり、その筆者の過ぎし人生を想像させられました。

若い頃から青春を犠牲にしてまで一生懸命に仕事に打ち込んで職場のために働いてきたのに、40代の今になって配置転換を言い渡された。若い人たちが仕事より人生を楽しんでいるのを見るにつれ、今までの自分の人生とは何だったのだろうかと悔やまれる。

今までたぶん何も言わずにきたが、今は叫びたいほど、この人は一徹な人生を送ってきたのだろうと思います。この筆者は、これからどんな人生を送っていくのでしょう。人生のあり方、意味を自問した日の記憶です。

わが人生のモチーフ

私が、やっとの思いで大学に入り、やっと大学生の一人としての暮らしが始まった頃に、ある小さな思い出がある。ある日、床屋の待合室に置いてあった週刊誌を何気なく読んでいたら、あるページの下の欄に、こんな短い文章が載っていて、思わず目をとめたことがあった。

「私はサッちゃん。通称サザエと申します。生まれついてのブスで、何のとりえもない女です。でも恋だけは人並みにしたいのです」

なぜか楽しさのある文であるが、じっとこの文の主の心の中を想うと、私は胸をつかれる思いがしてきた。そして、一人のある小説の主人公を、ため息とともに思い返したのだ。

遠藤周作の小説『わたしが・棄てた・女』の主人公「森田ミツ」の短い生涯を読んだ時の、あの胸をしめつけられるような悲しい気持ちを、いつの日も私は忘れることが出来ないだろう。

遠藤周作の『沈黙』、『海と毒薬』、『黄色い人』などの数多くの小説の中で、『わたしが・棄てた・女』は、氏の最高の傑作に属すると思うし、氏のイエス論や宗教論も、『イエスの生涯』、『聖書のなかの女性たち』など以上に、この中に生き生きと語られているように思う。氏はこの森田ミツのような女性が好きらしく、既に『海と毒薬』にも「ミツ（佐野ミツとして）」は顔を見せている。

「映画の大好きな十九歳の平凡な娘。若山セツ子さんのファンならお便りお待ちしていますわ。東京都……（途中略）」（遠藤周作『わたしが・棄てた・女』より）

そんな文を雑誌の1ページに載せたことで知り合いになった一人の学生との人生の悲しい交錯……。

ごく平凡で、素朴で、正直で、あまりにもお人好しで、けなげで、非利己的で、自己犠牲的で、社会の目立たぬ所で、人に笑われ、傷つけられ、だまされて、棄てられて、あげくの果ては、間違えられて「らい病」患者として御殿場の林の中へと送られていた「ひとりぼっち」の「東京の場末のどこにでも見かけられるような顔」の女・森田ミツ……。

自分を「出来心の相手」として「ひっかけ」て、ウソの言葉で同情させて安旅館に連れ込み、「ものにして」、あとは「煙草の空箱のように」棄てていった男をいつまでも信じ、ひたむきに思慕し続け、目の前に現れる苦しむ人、傷ついた人々のために尽くしながら、あっけなく死んでいった女・森田ミツ……（彼女は、実はその病気を患っていなかったことが療養所に入ってから判明したのだが、外の世界に戻ることはしなかった）。

そのミツが、一人淋しく、御殿場の療養所に向かう時、地下道の壁にもたれて泣いた……その辛さ、悲しみが、私の胸に突き刺さってきた。その胸の痛みとあふれる涙の中で、真実なるもの、正義なるもの、愛なるものへの思いが激しく胸に湧き上がってきたのだった。

この小説のテーマは、きわめてキリスト教上の問題であるが、森田ミツをいたわるように見守る著者の眼（それはイエスの愛のまなざしであろう）を常に背後に置いて語られる「悲しみの連帯・悲しみへの憂憤」が、その基調になっているのである。

「誰かが不幸せなのは悲しい。地上の誰かが辛がっているのは悲しい」……それは、常に遠藤周作文学のモチーフの一つであると同時に、私達誰もの、生きている限り忘れざるべき、人生のモチーフではないか。

地上には、悲しさが、ごく当たり前のような顔をして、どっしりと横たわっている。

〈この人生で必要なのはお前の悲しみを他人の悲しみに結び合わせることなのだ〉

遠藤周作『わたしが・棄てた・女』より

〈参考文献〉

遠藤周作『わたしが・棄てた・女』（講談社）

エーリッヒ・フロムの『愛するということ』をめぐって

愛するということとはどういうことだろうか？　この論議になると、よくドイツの社会心理学、精神分析、哲学の研究者であるエーリッヒ・フロムの著書の『愛するということ』が取り上げられます。

エーリッヒ・フロムの『愛するということ』の原題は、*Die Kunst des Liebens*……英語名は *The Art of Loving*……つまり「愛の技術」です。フロムは著書の第一章で「愛は技術だろうか。技術だとしたら、知識と努力が必要だ。それとも、愛は一つの快感であり、それを経験するかどうかは運の問題……（途中略）……だろうか」と問うことから始まり、人を愛する能力を身につける方法について論じています。

フロムは、この本の前半の序盤では、愛の技術とは「配慮」から始まり「責任」、「尊敬」、「知」の順に考察されていて、この部分がよくこの本のサビのように取り上げられます。

さらに、この本でフロムは、前半の途中から、親子の愛や、自己愛、神への愛などの具体的ケースについて、本の後半は精神分析学者らしくフロイトの思想への批評をはさみ、最終章で、原題に立ち返って愛の技術を身につけるための習練に必要なこととして、「規律」、「集中」および「忍耐」の三つを挙げ、これらの技術の習得に「最高の関心を抱くこと」……つまり熱意を持つことが大事だと言っています。

フロムは、さらに愛に関して別の見方で重要なものは、「自分自身の愛に対する信念」を持つことであり、また「他人の可能性を信じる」ことが重要であり、これらの「信念」を持つには「勇気」が必要だと書いています。そして、最後にフロムがこの本で訴えたかったのは、実は「愛の技術」の方法を主張することではなく、「愛の不在の原因となっている社会的な諸条件を批判」して、今日の社会を人を愛することが出来る社会に変えていこうという社会派的な呼びかけだったと考えます。

愛するということを考える上では、常に社会の中に存在している人間の立場も忘れてはいけないのだと思います。

〈参考文献〉

エーリッヒ・フロム著　鈴木晶訳『愛するということ』(紀伊國屋書店)

オッカムの剃刀《かみそり》の切れ味

人名の付いた刀類のことわざは、あまり多くないので、一度目にすると印象に残る。

14世紀の哲学者・神学者のオッカムは、ある事柄を説明するためには、必要以上に多くを仮定するべきでないとする指針を提示。つまり、オッカムの剃刀とは、何事も説明に不要な部分は極力切り落として必要最小限の表現で済ませるのが良い……ということであり、この比喩がオッカムの剃刀と呼ばれている。これは、思考節約の原理や思考節約の法則、思考経済の法則、あるいはケチの原理と呼ばれるらしい。

雑誌に投稿する論文を作成する際には、その著者のオッカムの剃刀の切れ味が試される。投稿規定には全体の文字数が制限されており、どんなに内容の濃い、多くの語りたい事項があっても、既定の文字数以内に収めなければいけない。何を残して強調し、何を切り捨てるか？……研ぎ澄まされた熟考の末に、最低限必要にして最小限十分な記述の論文は出来上がる。オッカムの剃刀（その人の論文を作る能力でもあるが）の切れ味が鋭すぎて、残しておくべき説明や図表がうっかり削ぎ落とされてしまわないように十分に注意しないといけない。切れ味が鈍ければ、感動すら呼ぶような考察が濃縮した引き締まった論文にはならない。……意外に取り扱いが難しい剃刀である。

ダモクレスの剣《つるぎ》の下で

他人のことを羨むことのたとえに「隣の芝生は青い」ということわざがあるが、社会的な成功を収めた人、組織のトップに立つ偉い立場の人、裕福に暮らす人、あるいはいわゆる「勝ち組」の人にも、実際は見かけではわからない苦労や取り巻く危うい事情はあり、決して日々楽しく栄華をきわめているわけではなく、その地位を保つことは容易なことではあるまい。そのような栄華の中にも危険が迫っていることの西洋のたとえに、「ダモクレスの剣」というものがある。

「シラクサの僭主ディオニュシオス1世の廷臣ダモクレスが王者の幸福をたたえたので、王がある宴席でダモクレスを王座につかせ、その頭上に毛髪1本で抜き身の剣をつるし、王者には常に危険がつきまとっていることを悟らせたという」

考えてみれば、誰もが、他人にはうかがい知れないいろいろな「ダモクレスの剣」の下で生きている。大事なことは、人を羨むのではなく、まず自らの立場を知り、事が順調にいっている時でも慎重に自らの生き方を大切にするということであろう。

偶然なのか？「神」なのか？　あるいは？（人の死をめぐって）

「人はなぜ死ぬのか？」ということについて、少し考えてみました。

その大きな基礎的な理由の一つは、生物学的に言えば、生まれた時から遺伝学的な「死のプログラム」が備わっているからです。その一つが、テロメアです。これは、簡単に言えば、臓器（あるいは組織）を構成する細胞の核にある染色体の端に存在する「一生の細胞分裂の回数を規定するシステム」です。細胞分裂によって人の体は成長し、維持され、細胞分裂が出来なくなれば、そこで死滅するわけです。こうして生きている間にも、私たちの体にある染色体のテロメアは刻一刻と減って、死に向かっているわけです。もちろん、これに病気や事故や自殺行為や環境の変化などが加われば、テロメアの回数が残っていても生来の寿命を待たずに死ぬことがあるわけです。

その他にも、人の体（あるいは細胞）には、DNAが持つ「老化のプログラム」があったり、自己消滅の遺伝子があったり……いくつかの生物学的システムがあるので、一定の寿命が来たら死の時を迎えることになります。

この生物学的な死をどう受け止め、どう変えるかは、その人の哲学にも依存すると思われます。

では、一体何が、このシステムを生物に備えたのか？　偶然なのか？「神」なのか？　あるいは？　……それは、まだわかっていないと思います。

紅葉に秘められたメカニズム

紅葉《こうよう》とは、主に落葉広葉樹で落葉の前に葉の色が変わる現象のこととされています。

紅葉のメカニズムは、巧妙な仕掛けと思惑があるようです。

秋になり日照時間が短くなると葉の成分であるクロロフィルが分解されるために紅葉が生じるので、植物学的には葉の老化反応の一部と考えられているようです。この過程では光合成によって葉に蓄えられた栄養が幹へと回収され、翌年の春にこの栄養は再利用されます。栄養が十分に回収された葉では、植物ホルモンの一つであるエチレンの働きによって葉柄の付け根に離層ができ、枝から切り離されて落ち葉となります。これにより、無駄な水分やエネルギーが冬の間に消費されるのを防ぐことができて、翌年の春の到来に備えられます。

面白いことに、紅葉色が鮮やかであるほどアブラムシの寄生が少ないことが発見されており、葉が色づくのは、寄生虫予防の効果もあるようです。

美しい紅葉になるには、一般的に「昼夜の気温の差が大きい」、「平地より斜面」、「空気が汚れていない」、「適度な水分」など光合成が行いやすい条件が必要であるともいわれます。同じ種類の木でも、生育条件や個体差によって、赤くなったり黄色くなったりすることがあるようですが、紅葉の色彩の美しさは、緯度が高くなる地域ほど、大気が寒くなるほど、朝晩の冷え込みが強い所ほど色鮮やかになるように思います。

日本では、南の方より北国が、平地よりも高い山のほうが色鮮やかな紅葉がみられる気がしますが、アメリカにいた時、カナダに近い北にある州では、特に赤や黄色の色が日本よりも鮮やかで驚きました。人間の思惑を遥かに超えた紅葉に秘められる自然界のメカニズムを強く知らされる思いがする秋です。

西洋暦の謎を解く

今日で9月は終わり、明日から10月に。10月と聞けば、すっかり秋めきます。

英語で9月はSeptember、10月はOctoberですが、これらの原語のラテン語でも、9月はSeptember、10月はOctoberです。しかし、実は、もともとラテン語では、Septemberは7月、Octoberは8月のことでした。つまり、ラテン語の数詞ではseptemは7、octoは8の意味があります。それ故、8本足のタコは、英語でoctopusと言い、音楽のオクターブ（8音程）はoctaveと言うわけです。

なぜ、2カ月ずれたのでしょう？　何か謎がありそうです。せっかくの思索の秋なので、調べてみました。

それは、西洋暦で1582年にローマ教皇グレゴリウス13世がユリウス暦を改良して制定した（現行の太陽暦である）グレゴリオ暦よりずっと昔の紀元前753年（紀元前745年説もあり）に、古代ローマで採用された最初のローマ暦（ローマを建国したとされる王ロムルスの名からロムルス暦と呼ばれる）では、7月はSeptember、8月はOctoberと名付けられていたからです。

当時のローマ人は1年の長さが約３６５日であることを知らず、1年を10の月に分けていました。それから40年ほどしてローマ国王ヌマ・ポンピリウスによって暦の改定があり、月が二つ加わって、1年は12の月に分けられました（ヌマ暦）。さらに、その後、紀元前１５３年1月1日に行われた改暦により、年の始まりが1月から始まるように変更されたために、月の順序と月名との間にずれが生じて、それまでの7月だったSeptemberは９月になり、８月だったOctoberは10月に位置することになったわけです。

ちなみに、英語の11月のNovember、12月のDecemberも、もともとのローマ暦のラテン語では、それぞれ９月、10月のことでした（novemは９、decemは10）。

その後、ローマ帝国のユリウス・カエサルが紀元前46年にローマ暦を廃し、ユリウス暦を採用したため、ローマ暦は廃止になっています。

なお、ローマ帝国は東西に分裂し、１４５３年にローマ帝国は完全に滅亡しています。それによって、西洋暦は１５８２年のキリスト教のローマ教皇によるグレゴリオ暦制定につながっていくことになります。


西洋暦の謎を解いていくと、その裏にある古代ローマから続くローマ帝国とキリスト教の歴史の流れが浮き彫りになってきて、興味深いものがあります。

秋深し……次は何を思わん。

科学の「力《ちから》」

最近、iPS細胞や遺伝子病についてマスコミで話題になっている。患者自身の細胞からiPS細胞を作り出したiPS細胞を特定の細胞へ分化誘導することができる。再生医療への応用などが期待されている。この細胞の研究に画期的な貢献をしたのが、1953年のワトソン&クリックのDNAの二重らせん構造の解明であった。DNAの二重らせん構造は、2本のらせん状のポリヌクレオチド鎖がひものように伸びて、その間をヌクレオチド塩基が対になって、ちょうど梯子《はしご》の横棒のように2本のポリヌクレオチド鎖のひもを連結しているというものである。この構造があるために、細胞内にあるDNAの2本の鎖がほどけて、それぞれの鎖が鋳型になり、相補性のある塩基が結合して2倍のDNAが出来上がることで、DNAは分裂して、その分裂前と同じ構造のDNAを二つ複製することが出来、細胞は分裂（増殖）することが出来、子孫を残して「種」の保存も出来る。ワトソン&クリックが画期的なDNAの二重らせん構造を提唱していなかったなら、その後の遺伝子工学の進歩はずっと遅れていたと思われる。ちなみに、遺伝子はDNA分子の一部の機能的なまとまりのこと。人間の全遺伝情報（ヒトゲノム）分析（ヒトゲノム計画）により、ヒトの遺伝子の総数は約3万個で実はサルやハエなどとたいして変わらないことがわかり多くの生物学者が驚いた。本格的なヒトゲノム計画の国際的なプロジェクト活動が始まったのは１９９０年で、１９５３年にワトソン＆クリックがＤＮＡの二重らせん構造を提唱してから、さらに37年後のことだった。その後、ＤＮＡの二重らせん構造の存在は電子顕微鏡写真で確認され、目に見える形で納得することが出来るようになった。なお、日本でも、つい最近、今月（２０１３年２月）19日に、京都大工学研究科の山田啓文准教授や小林圭助教らのグループが遺伝子ＤＮＡの二重らせん構造を高精度の原子間力顕微鏡で詳細に観察することに成功した、と発表している。

ちなみに、ＤＮＡの構造の解析に苦闘していたワトソンが、ある夜に、２本のひもがからみあってらせん状の階段のようになっている姿を夢に見て、「これだ！」と思いついたのが、あのＤＮＡの二重らせん構造だったと言われている。真実を求めて苦しみながら日夜研究してアイデアを重ねることが、その夢を生み出したのだろう。

科学に哲学と異なる「力《ちから》」があるとするなら、それは、この世界・宇宙の背後にあって、目には見えないが厳然として存在してこの世界・宇宙を動かしている原理や構造の存在を、目に見える形で提示出来ることにあるのだと思う。

見えるけれどないもの

詩人の金子みすゞの詩に「星とたんぽぽ」という有名な詩がある。

星とたんぽぽ

青いお空のそこふかく、
海の小石のそのように、
夜がくるまでしずんでる、
昼のお星はめにみえぬ。
　見えぬけれどもあるんだよ、
　見えぬものでもあるんだよ。

ちってすがれたたんぽぽの、

かわらのすきに、だァまって、
春のくるまでかくれてる、
つよいその根はめにみえぬ。
　見えぬけれどもあるんだよ、
　見えぬものでもあるんだよ。

昼間は太陽の光が強く、青空が広がり、その空の向こうに在る宇宙空間の無数の星々の存在は、我々人間の目では見えない。けれど、見えなくても、本当は星々は確かに物理的に存在しているわけである。

同じように、小学校の音楽で習った『風』という歌がある。

誰《だれ》が風を　見たでしょう
僕《ぼく》もあなたも　見やしない
けれど木《こ》の葉を　顫《ふる》わせて
風は通りぬけてゆく

誰が風を　見たでしょう
あなたも僕も　見やしない
けれど樹立《こだち》が　頭をさげて
風は通りすぎてゆく

これは、もともとイギリスの女流詩人のChristina Rossetti（クリスティーナ・ロセッティ１８３０－１８９４）が書いた詩（西條八十訳詞）である。

確かに、風は誰も見ることが出来ないし、手で触ることも出来ない。しかし、風が吹いて木々の葉を揺らす時に、風の存在を知る。なぜなら、風は流動して通過する空気だから、実体（物理的な）が存在するからである。

しかし、金子みすゞの詩を目にしたり『風』の歌を聞くたびに、ひねくれ者の私は、こんなことも考える。

見えるけれど
本当は　ないものもある……と

たとえば、影。

影は、ものに光が当たり、その光が通過出来ない部分の反対側に出来るもの。その影を、我々は目でハッキリと見ることが出来る。影は明るさにもよるが、形を持つ。照らす光の位置の変化や、ものの移動と共に形は瞬時に変わり、動き回ったりする。

しかし、その影を捕まえようとして手を伸ばしても、影に触ったり、捕まえることは出来ない。確かに「影」はそこに見えているのだが、「影」という実体（物理的な）は存在しないからだ。影は、そこを照らす光が当たる際に出来る照度の違いにより生じているだけのもの。

そういう意味で、「影」は面白い。見えるけれど、本当はないものもあることを教えてくれているから。「影」以外にも、あるように見えて、本当はないものはいろいろありそうだ。特に、人の心の中にあるもの……憎しみや、妬みや、恨みや、その他いろいろな負の情感……は、そうに違いないと思うのである。

「見えぬけれども
あるものもあるんだよ」

けれど
見えるけれども
ないものもあるんだよ

〈参考文献〉
金子みすゞ『わたしと小鳥とすずと――金子みすゞ童謡集』（ＪＵＬＡ出版局）

哲学の春：ただ春の世の夢のごとし
～樹齢６００年の大ツツジに思いを寄せて

先日、親戚の法事があり、佐賀県に行ってきました。その時のお寺（佐賀県多久町の専称寺）で貴重な大ツツジを見てきました。この大ツツジは樹齢およそ６００年で、さが名木１００選に選ばれている貴重な樹木です。

今から６００年前といえば１４１６年。世の中は京都の室町に幕府があり、足利尊氏が開いた室町時代（１３３６～１５７３年）の中期の頃です。その後の１４６７年の応仁の乱以降は戦国時代に入り、社会は混乱し動揺して庶民の生活も不安定だったことでしょう。その後、室町幕府は１５７３年に織田信長により滅ぼされています。

この大ツツジは、その後の安土桃山時代、江戸時代、明治

時代、大正時代、昭和時代を経て今の平成時代に至るまでのおよそ600年間の日本の世の中の移り変わりを見続けながら、毎年5～6月になれば赤い花を咲かせて見る者の心を和ませてきたわけです。

しばし、あふれるばかりに咲き誇る大きなツツジの花を眺めながら、ふと、『平家物語』の冒頭にある「祇園精舎」の一節を思い起こしました。

祇園精舎の鐘の聲、諸行無常の響あり、沙羅双樹の花の色、盛者必衰の理をあらはす。驕れる人も久しからず。たゞ春の世の夢の如し。猛き者もつひには滅びぬ、ひとへに風の前の塵に同じ。

毎年咲く花は同じではなく、毎年それを見る人も同じではなく、ただ時《とき》は流れていく。この日、私が眺めたこの花たちも姿を変えて、来年は誰が見つめていることだろう、この先600年経った頃の日本はどうなっているだろうなどと思いながらお寺を後にしたのでした。

〈参考文献〉
佐藤謙三校注『平家物語（上）』角川ソフィア文庫：（KADOKAWA／角川学芸出版）

哲学の夏

人間の歴史の流れがどうであったか……そういうものなど知らぬ顔をして自然界は何も語らずにただもくもくと動いていきます。

猿人であるアウストラロピテクスに始まる約４００万年間の人類の歴史は、約３万年前に出現した現在型ホモ・サピエンス（現生人類）となって以来どれだけ地球に消えぬ良き足跡を残してきたでしょう？

今日はこの暑さの中で、自らの短い命を知らぬであろうセミの大きな鳴き声を聞きながらぼうっと考えていました。

哲学の秋：人間の知恵が持つ数の大きさの限界を超えるもの

秋の夜空が冷えて澄み渡るようになってきた。黄色に輝く月の姿のほかに、夜空にちりばめられている無数の小さな星の光が目に入ってくる。私たち人類の住む地球・太陽系を含む銀河系（この私たちの存在する銀河の呼び名：天の川銀河とも呼ぶ）は、直径10万光年、恒星の数は２０００億〜４０００億個。光の速さで端から端まで飛んでも10万年かかるとされている。銀河とは何という巨大な大きさであろう。

しかし、これまで宇宙には幾千もの銀河が存在していると考えられてきたが、最近のハッブル宇宙望遠鏡で20年にわたり収集された画像データに基づく研究成果では、現代科学で観測可能な私たちが見ることが出来る銀河は２兆個（従来説の10倍）あり、宇宙に存在する銀河の10％しかまだ人類は観測できていない。つまり、私たち人類は、宇宙に存在する銀河の90％を見ることが出来ていないのだ。その理由の一つは、遙か遠くにある天体から放たれた光が地球に届くまでには膨大な時間がかかり、その大半があまりに光が弱くて遠く離れているために見えていないから。しかもその光の到達範囲は有限であり、宇宙全体の一部でしかないからだと考えられている。

私たち人類が観測できる宇宙の大きさはどれくらいか？　どんな物も光の速さ（秒速30万㎞）を超えられないので、いまのところ約138億年前にビッグバン（Big Bang）が起きて始まったと考えられている宇宙は約138億年かかって光が進む距離（約138億光年）までの観測可能な大きさとの説がある。すると、観測不可能な範囲を含む宇宙の真の大きさは、いったいどれだけ広大無辺なのだろう？

そして、そこに在る観測不可能な範囲を含む無数の銀河のそれぞれの銀河の中には最大1兆万個の星が含まれるとも言われているので、宇宙全体には、人間の知恵が持つ数の大きさの限界を超える数の星たちが存在していることだろう。調べてみると、数の大きさは1から数えて最大は無量大数《むりょうたいすう》とされており、仏教では最大は不可説不可説転《ふかせつふかせつてん》（10の37潤乗）という概念があり、その他にも巨大数の概念にはグーゴル、グーゴルプレックス、スキューズ数、モーザー数、グラハム数、ふぃっしゅ数……など想像を絶する数の大きさの世界があるようだが、最大数を無限と表現してもとらえきれず、もはや宇宙には人類には不可解な数が存在するとしか言えないのかも知れない。

かつて藤村操が華厳の滝の傍らの木に書き残した「巌頭之感《がんとうのかん》」の一節にある「萬有の眞相は唯だ一言にして悉す、曰く『不可解』」……の言葉が、この澄んだ秋の夜空に静かに漂っている気がする。だが、この「不可解」をそれで良しとせず、目に見える宇宙の背後に横たわる人智の限界を超える数のメカニズムを解き明かそうという人間のたゆまぬ思いも静かに宇宙の果てへと漂っているのだ。

哲学の大晦日

さきほど大晦日になりました。

昨日までは、年の瀬の実感はさほどなかったのに、この日になり、今年の暦も今日の1枚と思うと、何か感じるものがあるのは不思議で面白い。

この1年、自分にとってどういう年だったのか？　どんな意味があり、どんな意義があったのだろう？　そして、明日の新年から、自分はどう生きていこう？

時の流れの中で、昨日から今日、そして今日から明日への流れには、それが何月何日であろうと何の特別な違いもないのに、人が作った暦の上では意味がある。それは、空を飛ぶ鳥も、陸を駆ける動物も、風にそよぐ木の葉も、水中を泳ぐ魚も知らないこと。

哲学の冬：氷の結晶が輝く哲学の朝

この冬最大の寒波が来襲している。

今朝、窓ガラスの外側には無数の氷の結晶が輝いていた。それぞれの形は違うが、みんな不思議に美しい。

日が昇り、太陽の光が明るく照らし始めるころ、この結晶たちは静かにすみやかに姿を消すだろう……何の理由や目的で、ここに生まれ出たのかも聞かずに。

第2章

時間と宇宙

時間とは？

爽やかな秋の土曜日はゆるやかに過ぎていく……昨日のあわただしい日常の動きを忘れさせるかのように。

時間はすべてを絶対的に同一のシンクロナイズした刻みで過去に押し流していくものであろうが、人の意識の中では相対的な刻みの違いを感じているかのようだ。時間とは？

時間は、それが影を持つもののように存在するものではないが、誰もが目には見えないが時間が確かに過ぎていくものとして存在することを知っている。それ以上の物理学的説明は無理なのかも知れない。

時間の境の前と後

今年もあと2日だけ。今はまだ２０１６年だという確かな思いがある。

今、私は、12月31日と1月1日の間にある二つの年を分ける時間の境の前に立っているのだが、その一瞬の時間の境を越えた途端にその後ろに立っているだろう。その瞬間に、意識は２０１７年の世界に当然のように入り込んでいるだろう。

時間の境がヒトの意識に及ぼす働きの面白さを思いながら、今年もあと2日だけを淡々と生きる。

Forever and a day〈永遠のその先にあるものとは?〉

英語には、日本語では表現できない独特の言い方があり、しばしば驚かされたり感心させられたりする。この"forever and a day"という表現もその一つで、英語の歌の歌詞の中にもよく使われている。

そもそもforeverあるいはfor everには「永久に」、「絶えることなく」、「無限に」という意味がある。そこにさらにa day（1日）が足されているわけだから、forever and a dayは、永久のさらにもう1日先……ということになる。つまり、永久のその向こう側ということであり、多くの英和辞典では「とこしえに」、「未来永劫」、「永遠に」、「久遠《くおん》」などと和訳される。

「永遠」そのものが時間的には無限なものを意味しているので、さらにその先があるはずがない。それを承知で、さらに1日の時間を追加するところに面白みがある。時間の「永遠」をもっと拡大しようということだろう。もはや、物理学や天文学で、その真偽や有効性を検証したいところである。

もともと歴史的には、この“forever and a day”という言葉は、1594年にシェークスピア（Shakespeare）が書いた*The Taming of the Shrew*（『じゃじゃ馬ならし』）という初期の戯曲の中で用いた造語であることが知られている。この戯曲で、じゃじゃ馬で評判の困った姉カタリーナの妹のビアンカ（Bianca）に、Biondelloという人物が言う台詞の中で、“But bid Bianca farewell for ever and a day.”（しかしビアンカに永遠の別れを告げる）と使われている。

それにしても、永久のさらにもう1日先……つまり、永久のその向こう側の世界とは何だろう？　この宇宙の存在そのものの秘密に迫るほどの深い想像をかきたてる言葉である。

ダーウィンが地球にやってきた日

国際研究チーム「ＬＩＧＯ（ライゴ）」が２０１６年2月12日未明、宇宙からやってきた重力波を初めて直接観測することに成功したと発表した日は、アインシュタインと違う研究分野ではあるが偉大な生物学者のチャールズ・ダーウィンの誕生日（１８０９年2月12日）であった。これも忘れてはなるまい。

重力波が遙かな昔〜１３８億年前の宇宙生成期に生まれて長い時間をかけて宇宙に広がっていったように、およそ46億年前に生まれた地球に約40億年前、海底で蛋白合成が行われ最初の生命が誕生してから生物は長い時間をかけて進化して今日に至っている。その「種の起源」を解き明かそうとしたダーウィンの功績も偉大であることを思い起こしたい。

宇宙はどのようにして生まれたのか？
生命はどのようにして生まれたのか？

これからも新しい発見が待っているだろう。
まだまだ面白い世の中になりそうだ。

ヒッグス粒子と宇宙の起源

２０１３年のノーベル物理学賞は、英エディンバラ大学のピーター・ヒッグス名誉教授（84）とベルギーのブリュッセル自由大学のフランソワ・アングレール名誉教授（80）に授与されることが決まりました。両氏は別々に、半世紀近く前に、全ての物質に質量を与える素粒子の存在を予言していました。これは「ヒッグス粒子」として知られる素粒子で、２０１２年、スイスの欧州合同原子核研究機構（ＣＥＲＮ）が製造した原子衝突実験装置で実施された実験で、その存在が確認されています。

物理学の標準理論は、素粒子には17種類あり、それは①物質を構成する粒子（クオーク、電子、ニュートリノなど12種類）、②物質に力を与える粒子（電磁気力などの力を伝える粒子４種類）、③物質に質量を与える粒子（ヒッグス粒子、１種類）から成ることを予言していて、最後にヒッグス粒子が発見されています。もちろん標準理論には、ほころびがあることが現在は指摘されてきていますが、そもそも１３８億年前にビッグバンが生じた時は質量がない素粒子が真空の中を光速で飛び回って、そこにヒッグス粒子が出現して「ヒッグス粒子の海」となり、その中にいる素粒子の動きが悪くなって質量が生まれ、その後のクオークや原子、分子の誕生をもたらし、やがて星や銀河が生まれた（宇宙の生成過程）とされているわけですが、では、その始まりのビッグバンはどのような場所に起きたのか～無から生じたのか⁇　どのようなメカニズムで始まったのか？（つまり、ビッグバンの始まる以前に存在するものがあったのか否か？　もしあったとするなら、そこにこそ宇宙誕生の起源があるのでは？）、あるいはビッグバン発生直後の真空の中に、どのようにしてヒッグス粒子は出現したのか？　……などなど興味と疑問は尽きません。今後のＣＥＲＮの研究は、これらの疑問に少しずつ解答を示してくれるかもしれません。

人という宇宙

この世の中、興味深いものは多々あるが、人間ほど興味の尽きぬものはない気がする。いろんな人がいるなあ。

その人生の背景にあるもの、歩いてきた軌跡、思いや考え、喜怒哀楽、関係する人たち……それらはさまざまで、一人ひとりが一つの宇宙を成しているかのようだ。

私が生まれる前からこの世界はあったけれど、私が生まれた時に私にはこの世界が始まったのだ。そして、やがて私がこの世界に別れを告げた後もこの世界は何事もなかったように続いていくのだろうが、私からこの世界は消えるのだ。

一人の人間の誕生は一つの宇宙の物語の始まり。そして一人の人間の死は一つの宇宙の終わり。

ひそかにワクワクすること

太陽圏を飛び出したボイジャー1号、それに続く2号に思いをはせている。星間空間の中を密やかに飛行し続け、2025年頃には通信用電池が切れるという……でも、さらに惰性でどこまで飛行するのやら。

それでも太陽系を抜け出るのは3万年後のこと……そこはどんな世界だろう？　宇宙をめぐる哲学は、地球でどのように続いているだろうか？　地球外知的生命に向けたメッセージを記録したゴールデンレコードは、地球外知的生命に発見されるだろうか？　解読されるだろうか？　……ワクワクします。3万年後が待ち遠しい。

宇宙のドラマはいつまで見られる？

１９３０年にベルギー人の司祭にして物理学者であるジョルジュ・ルメートルが、この宇宙は約１３８億年前に、（理由はまだ定かでないが）無から突如無限小の高温高密度な一点が生まれ、爆発的な分裂を開始し膨張しているというビッグバン説を提唱してから、今では宇宙が膨張し続けていることは通説になっている。実際、その後宇宙の膨張は科学的に確認されている。

宇宙は膨張の果てにどうなるのか？　その向こうに何が待っているのか？　……とボイジャーの黙々と進む宇宙の旅からの便りにも胸を躍らされていたら、別の視点があることを知る。

現代、新進気鋭のアメリカの宇宙物理学者ローレンス・クラウスによると、宇宙がこのまま膨張し続けると、２兆年後には我々の地球を含む銀河系から遠ざかってゆく天体はすべて光の波長の関係で見えなくなってしまい地球から観測出来なくなるという。つまり、２兆年後にはこの銀河系の外にあるすべての天体が（存在しているにもかかわらず）人間の前から姿を消してしまうということになる。まるで、膨大な時間をかけて着々と膨張し続ける宇宙の中で（それまで地球が存在するとして）地球は取り残されてしまうかのようだ。
この宇宙のドラマの成り行きを見ていられるのにもタイムリミットがあったとは……それに気づいた人類の知にも驚く。

〈参考文献〉

ローレンス・クラウス著　青木薫訳『宇宙が始まる前には何があったのか？』（文藝春秋）

宇宙の外にあるものは？

宇宙という言葉が意味するものの定義によって、「宇宙の外があるのか？」の論議は変わってきます。それには、現代物理学や天文学、あるいは宇宙の研究機関などで使われている宇宙という用語の定義に沿って考察するのが無難な方法の一つと思われます。

日本の宇宙航空研究開発機構（ＪＡＸＡ）の、キッズ向けの解説によると、宇宙とは「一般的には空気がほとんど無くなる１００㎞から先を宇宙としています。なお、国際航空連盟（ＦＡＩ）という組織が、航空機の記録と宇宙機の記録を区別するために、高度１００㎞から上を宇宙と定義しています。また、アメリカ空軍では、80㎞から上を宇宙とみなしています。」と説明されています。簡単ですが、わかりやすい定義だと思います。この定義に従うと、たとえば地球上の１００㎞先の世界はすべて宇宙ということになり、仮にそのさらに外に何かがあるとしても、それをも含んで（地球上の１００㎞先の世界はすべて）宇宙と呼ぶわけですから、「宇宙の外があるのか？」という議論は成り立たなくなります。

もちろん、別の意味で定義する宇宙に関しては、大いに論議することは出来ます。たとえば、ビッグバン理論やインフレーション理論に従って、ある時からこの地球を含む宇宙が始まったとする意味での「宇宙」を定義するなら、その宇宙が生まれる前の何ものかの状態、あるいはその意味の宇宙が占める領域の外があることになると考えられます。

地上から観測できる範囲までの宇宙の最も遠くにある辺縁が「宇宙の地平線」といわれています。今ではハッブル宇宙望遠鏡などの宇宙に滞在する観測機器からの観測可能地点までになるのでしょうが。もっとも、ＪＡＸＡの言うように地球上から１００㎞先の世界をすべて宇宙と呼ぶなら宇宙の地平線すらないことになってしまいます。つい最近、欧州合同原子核研究機構（ＣＥＲＮ）から発表された宇宙の成分の4分の1を占めるとされる「暗黒物質（dark matter)」の痕跡を見つけたかも知れないというニュースは、宇宙の構造や、宇宙に果てがあるのか？（宇宙の外はあるのか?）、そもそも「宇宙とは何を指すのか？」などの問いの解明の重要な糸口になりそうで、その研究成果に注目しています。

星座はめぐる

ふだん何気なく知っている星座についてちょっと調べてみると……星座は現在88あるが、星座の歴史は古代エジプトに遡り、その時代の遺跡で、既に星の並びを人などに見立てた図が発見されているらしい。その後、星同士を結んで星座を作る風習はメソポタミア文明を経て古代ギリシャに伝えられ、16世紀に大航海時代が始まるとヨーロッパよりももっと南の海で見える星も見つかるようになり、新しい星座も名付けられた。その後、星座の歴史はめぐり、１９２８年の国際天文学連合（ＩＡＵ）第３回総会で現在の88星座が決められ（ラテン語名称）、現在に至っている。

日本には独自の、このような星座の文化はなかったようだ。１９４４年に学術研究会議（現日本学術会議）が訳名を決定するとこれが全国的に使われるようになり、その後、数度改訂され、現在に至っている。

このように、もともと星座はエジプトからヨーロッパなどで見られた星から構成されているため、日本からはまったく見えない星座もあるのは理解出来る。

秋も深まり、澄んだ夜空に星座を見つけたら、その名前の由来が紀元前から伝えられ、３千年以上前にも同じ星座を眺めて思いにふけっていただろう人々がいたことを思い起こしてみたい。

第3章

言葉

After you, please.

英語の表現には、しばしば感心させられるものがあります。たとえば、エレベーターから降りる際に、自分の前にいた人から言われる "After you, please." という言葉（日本語の「どうぞお先に」という意味）には、思いやり、謙虚さ、親切心、品格を感じます。日本語の「どうぞお先に」には、「私はあなたの後からでいいですよ」というニュアンスは明確に込められていない気がします。"you（あなた）" と明確に言うことで、相手と自分の関係が明瞭になります。

もし、何かの順番待ちをしている時や、エレベーターで（レディ・ファーストで）横や後ろの女性を先に出させてあげる時や、電車の中で空いている座席に隣で立っているお年寄りや妊婦さんに座る順番を譲る時には、"You, first." という言い方も出来ますが、"After you, please." と言うと和やかでいいと思います。

"After you, please."……私の好きな英語の表現の一つです。

Excuse us!……日本語と英語の基本的な構造の違いの考察

初めてアメリカに行った日は、「本当にみんな英語で話してるんだなあ！」と驚き、感心したものです。ビルの混雑していたエレベーターに乗っていた時のことですが、次の階に着いて扉が開いた時、後ろのほうから“Excuse us!”という女性の声が聞こえ、中年の女性が2人前に来て、外に出ていきました。それはもちろん日本語で言えば「ごめんなさい！（すみません！）」という意味だが、“Excuse me!”ではなくて、“Excuse us!”と聞こえた言葉が新鮮でいかにも英語らしく響いたこと！　中学以来の英語の授業では「ごめんなさい！（すみません！）」は、“Excuse me!”だったから（もちろん英和辞書をひくと、“Excuse me”の箇所には、“Excuse me〈us〉”と記されてはいますが、日本人はこのus〈私たち〉に注意が回らないのでは？）。

日本語の表現の「ごめんなさい！（すみません！）」には、それを話す者（あるいは、それを話す人が一緒にいるグループ）が1人（単数）なのか2人以上（複数）なのかは含まれていません。ここに日本語と英語の基本的な構造の違いがあると考えさせられました。英語では、その言葉を発する者が単数なのか複数なのか？（一人称なのか二人称以上なのか？）を明瞭に区別する原則があるようです。それは、キリスト教文化特有の、神の視線と対峙する「私」を基点とする世界観ではないかと思います。「私」という個の存在を重く見て、なおざりにしないのです。

たしかにエレベーターから降りるのは、その女性だけではなく連れの女性も含めた2人だったので、"Excuse me!" ではなく "Excuse us!" が適正な状況説明の言葉だったわけです。それからは、誰かと一緒にエレベーターや電車などから降りる時は、"Excuse us!" と言うように心がけました。

ちなみに、英語では、物体についても、単数と複数を明確に区別しようとします。たとえば、「一つの言葉」を英語で言う時は、つい "one word" となりがちですが、"a single word" と表現したほうが、より「たった一つの言葉」という意味が明瞭になります。英語を話す native は "single" という言葉が好きなように思われます。

日本語と英語における「数えるもの」と「量《はか》るもの」の表現の違いについて

英語の表現には、しばしば日本語よりも厳密で明瞭なところがあるとよく感じる。たとえば、物には「数えるもの」と「量るもの」があるが、その性質の表現の違いから考えてみる。

たとえば、本棚の本が一冊増えれば、日本語では二冊になったと言う。これは、本の個数の数の変化を示すのか？　あるいは量的な変化を示すのか？　日本語ではあいまいなところがある。しかし、英語なら本棚のa bookがtwo booksになったと言う。つまり、個数の変化を明確に示している。一方、たとえば、コップに水が10cc入っているところに、もう10cc注ぎ足した場合は、コップの水は10ccが20ccになったと言うことが出来るが、水が二つになったとは言わない。英語でもコップの中のa waterがtwo watersになったとは言わない。つまり、量の変化を明確に示している。数を示す“a”や“two”などがつくもの（あるいは複数形になるもの）は数える性質であり、“a”や“two”などがつかないもの（あるいは複数形にならないもの）は量る性質である。このような、質的な（qualitative）個別的概念と、量的な（quantitative）連続的概念の違いの表現においても、日本語ではあいまいなところがあるが、英語ではわかりやすく明瞭だと思う。

美しい……という日本語

昔、大学生の頃に、ドイツ語の授業の時、教授が「『美しい』という言葉のドイツ語はSchöne、英語ではbeautifulなどいろいろな国の言葉があるが、日本語の『美しい』という言葉ほど美しい言葉はない」と話していたことを、よく思い出す。

美しい……その言葉自体が既に美しい日本語なのだと思う。

pure（ピュア）……について

日本人が日本語の会話や文章の中で少なからず使う“pure”や「ピュア」という言葉の意味は、誰もがなんとなく分かってはいるが、あいまいなところもあるように思います。

もともと、言葉として英語の“pure”に関しては、「まじり気のない」という意味が基本ですが、そこから派生するいろいろな意味合いも持っています。従って、“pure”の文字の使われ方、使う目的によって、その意味するものは異なることになります。

ピュアとは？　……を考えるには、まず英語の“pure”をよく見直してみることが大切だと思います。

*WEBSTER NEW WORLD DICTIONARY*の解説では、“pure”の意味は、

1．いかなる混ぜものもない（例：pure maple syrup〈純粋メープルシロップ〉）

2．汚点、損傷（悪化）、感染（影響）などがない（例：pure water〈純水〉）
3．完全な、全くの
4．単なる、ほんの（例：pure luck〈単なるめぐり合わせ〉）
5．欠点（欠陥、不足、欠乏）がなく完璧（完全）である
6．（宗教、道徳上の）罪がない、（法律上の有罪がない）
7．処女（童貞）、貞潔な
8．純血種の（動物）、純系の（植物）
9．抽象（観念、概念）あるいは理論的な概観に限定される（例：pure physics〈理論物理学〉）
10．（聖書で使われている）（宗教の）儀式的に神聖な（冒涜されていない）
11．（音声学の）音声が変えられていない、単音の（例：pure vowel〈単音の母音〉）

……と（英語で）解説されています。

さらに、英語の"pure"の語源であるラテン語の"purus"の意味は、ラテン語辞典を調べると……、

1. 清い、純な、まじり気のない
2. 明澄な、明るい、曇りのない
3. 浄化された、清浄な
4. 罪の汚れのない、汚点のない、償罪した
5. 冒涜されていない、道徳的に純な、貞潔な、俗でない
6. 素朴な、飾らない
7. (弁説が)飾りのない、正確な、実質的な
8. (法的に)絶対的な、無条件の

……とされています。

哲学や芸術の分野では、"pure"は一般的に「純粋」という和訳で使われ、たとえば、純粋我、純粋感情、純粋経験、純粋芸術、純粋持続、純粋主義、純粋直感、純粋美、純粋理性、純粋論理学……など、いくつかの用語があり、その意味合いもそれぞれ異なると思いますが、いずれにしても、その語源はどれも前記のように、「まじり気のない」という意味合いに立脚しているように思います。

鳥かげ

照っている日
過ぎてゆく鳥かげ

これは、私が以前所属していた詩の同人誌（『二行詩』二行詩人社）に掲載された詩です。随分前に廃刊になり、作者が分かりませんが、今でも鮮明に記憶している詩です。いろいろな詩人の詩をあれこれ読んできましたが、これほど端的に的確に情景を表現した詩に出会ったことはありません。

季節は真夏で、暑い日の正午頃ではないかと思われます。空を見上げると、真夏の太陽が輝く青空が広がっています。「暑いなあ」と思いながら、ふとあたりに目を落とすと、自分の近くを音もなく静かにのびやかに、一つの黒い影がすうっと通り過ぎてゆきます。鳥影《とりかげ》です。上空……自分と太陽の間の空間を1羽の鳥（おそらくトンビのような大型の鳥）が、ゆっくりと飛んでいくのです。

その鳥は、どんな思いで飛んでいるのでしょう。天空にある熱い太陽など気にせず、自分の時間を楽しむかのように気ままに大地を見下ろしながら飛んでいるのでしょうか。下から見上げるこの「私」の存在を知っているのでしょうか。

その影を見る「私」の心は、いつのまにか、その天空の鳥の中に在り、その鳥と一緒に真夏の天地を……この世界を……見つめているのです。

詩における伝達性の問題

以前に亡くなられた小説家で文芸評論家でもある丸谷才一氏の著書に『文章読本』という人気の評論がある。これは一言でいえば、作文の極意に関する手引きである。氏は芥川龍之介賞、川端康成文学賞、菊池寛賞など多数の有名な文学賞を受賞された日本の文学界の第一人者であり、知的で精緻かつ洗練された文体で知られている。

丸谷氏によると、日本において口語体を創造し育て上げたのは小説家であったために、小説家たちの発明としての口語体という認識が日本社会全体に行き渡っていて、そのため小説家たちは次々に「文章読本」執筆を依頼されることになったのだという。そして、丸谷氏もこの『文章読本』の中で、「もっぱら、文章の秘伝や奥義……とまではゆかないとしても、コツや心得、工夫や才覚のあれこれをできるだけ具体的に語ること」にしたと書いている。

確かにさまざまな例文を引用して具体的な説明がなされている。
文章上達の秘訣とはただ名文に接し名文を読むことだという説明も、文章の最も基本的な機能は伝達であり、明晰であることが文章一般の根本条件であるという解説も納得できるものである。丸谷氏の筆の進め方が平明で簡潔であるために、「筆者の言わんとする内容がはっきりと読者へ伝え」られているような気がする。興味深い本である。

しかし、一カ所だけ「おやっ？」と思わされるところがある。

明晰ではないが、言葉の多義性をうまく使って効果をあげている文章（つまり美文）があるということの説明に「詩」を例にした点である。

丸谷氏によると、「詩」は「曖昧性＝多義性を利用するのが常」であり、「詩においては一般に、言葉の多義性によって……濃密で混沌たる情緒がかもし出される。それが詩人の詩作の目的であり、そしてここからさきが特に大切なのだが、読者が詩を読むことの目的であると言ってもよかろう。詩においては、詩人と読者との合意の上で言葉は多義的に用いられるし、逆に言えば詩の言葉が曖昧であり明晰でないのはいわば合目的的なことなのだ。……詩の言語は感情を喚起することをもってその基本的な機能とするのである。」とのことである。

本当だろうか？

丸谷才一氏は詩が言葉の多義性を利用して渾沌たる情緒をかもし出す例として『古今和歌集』の中から、次の歌をあげている。

ほととぎす鳴くやさつきのあやめ草あやめも知らぬ恋もするかな

（巻第十一恋歌）

この歌は、第一に「夢中になって恋をするのは」何なのかがはっきりせず、意味の明確さを欠くという。しかし、仮にこの歌がそうだとしても、これをもって詩が言葉の曖昧性を利用し、明晰でないことを合目的的とし、感情を喚起することを基本的な機能としているのだとするのは早まっているように思うのである。

詩の世界は広く、詩の数は多い。『古今和歌集』にしても約千百首もある。単に渾沌たる情緒をかもし出そうとするだけの詩から、作者の中に生まれた情緒を可能な限り端的に直接的に表現しようとする詩までその幅は広いように思う。近代から現代においては、たとえば短歌の世界においても、曖昧で多義的な表現を嫌って、また単なる情緒をかもし出すことを嫌って、より端的により直接的に明晰な表現をしようとする傾向があるのではないだろうか。例としては、石川啄木、斎藤茂吉などを挙げておこう。俳句の世界においても決して曖昧さをもくろもうとはしていない気がする。

もちろん短歌や俳句における表現が、作者の感性にとらえられたものを直接読者に明確に伝達することが出来るとは思わない。詩一般においても同様である。詩は単なる文章ではないし、作者の論理的思考の道筋と内容を読者に伝達するという性格を本来持ち合わせていないのだ。そもそも詩とは理論でも思索でもない（もちろん思想や哲学的思いを表現する詩はあるが、決して詩本来の存在形式ではないように思う）と私は感じている。詩は決して作るものではなく、生まれるもの、湧き出るもの……人の感性にとらえられた一瞬の情感、あるいはその人の実存の一断面とでも言おうか。要するに、主語と述語、動詞や接続詞があるような内容の文章でもないし、現実を説明したり、何かを分析したりするような文章でもないし、その人の考え事を他人に伝えようとする文章でもない。極端なことを言えば、人に伝えようということを詩は本来目的としていないのではないか。感性にとらえられたもの、即ちそれが詩であり、それが言葉という有限性の中において表現されえなくても、その人の中には明晰に理解されているものなのである。『古今』の序文には平明に短歌の本質についてこう記されている。「やまとうたは、人の心を種として、万《よろづ》の言の葉とぞなれりける。世の中にある人、ことわざ繁きものなれば、心に思ふ事を、見るもの聞くものにつけて、言ひ出せるなり」と。

感性にとらえられたものを言葉で再現し、具体的に伝達するということは難しい。前述したように、内容の伝達は詩の第一の目的ではないし、言葉は有限性を持つし、作者と読者の詩的感性には差があるからだ。高村光太郎もよく「言葉というものは少ない」と嘆いていたようである。

こうして詩は一般の文章のように「内容の伝達」の目的も持たないし、理論や思索の表現形式でもないのにもかかわらず、それでもより端的により直接的により明晰に詩人の中に生まれたものを表現するものにしようと詩人は努めているのだと言っておきたい。

私が関係している詩のグループでも、最近は、詩の端的性と象徴性の追求のことが鋭く議論されているし、「題は必要なのか?」とさえも言われているほどである。

如何にして作者の心情を読者(他人)に明確に伝えるか? しかも可能な限りの端的な、一意的な、必要最低限の表現をもって如何に表現するのか? ……それが今日の詩人達に課せられた一つの重要な課題なのである。

丸谷氏の説くように、詩が「曖昧性=多義性を利用するのが常」だとは思えないのであり、明晰であることを文章に要求する過程での例として、詩を取り上げたのは、この『文章読本』の中で、恐らく作者が手を抜いた部分ではなかろうか、と思われて仕方ないのである。しかし、その真偽を氏に問い合わせることは、もはや出来ないのが残念である。

〈参考文献〉

丸谷才一『文章読本』中公文庫（中央公論社）

第4章

映画によせて

あなたが普通じゃないから、世界はこんなにもすばらしい

先日、偶然、『イミテーション・ゲーム／エニグマと天才数学者の秘密』という映画（２０１４年公開）をケーブルテレビで観る機会があった。

この映画はアカデミー脚色賞を受賞した話題の映画だったが、観る機会がなかった。映画は、イギリスの優秀な数学者で暗号解読者のアラン・チューリングの半生を描いている。チューリングは天才肌の数学者だが、他の普通の人とは違う変人とも思われそうな個性をもっていた。そして、彼には注意深く秘密にしていたことが一つあった。それは彼が同性愛者だということ。

チューリングは、第二次世界大戦中にイギリス政府の要請でドイツ軍の高性能暗号機の「エニグマ」の難解な暗号の解読に取り組むことになる。政府が選んだ特別メンバーのチーム仲間と共に暗号解読用機械（チューリング・マシーン：今日のcomputerの先駆け）を作り上げたが、なかなか成果が出ないために政府からの研究資金打ち切りやチームから外されそうになるなどの危機を乗り越えねばならなかった。その独特の人になじまない性格故にチーム仲間にも理解されないが、「自分がエニグマ暗号を解読してドイツとの戦争を終わらせたい」という普

通ではないくらいの密かな熱い思いに燃えて、苦労の末についにエニグマ暗号の解読に成功する。エニグマ暗号の解読によってイギリスは情報戦でナチス・ドイツに優位に立ち、戦争に勝利する。チューリング・マシーンの発明はドイツとの戦争を2年早く終わらせ、約1400万人の命を救ったとされているが、このことは当時のイギリス政府の重要機密とされて世に知られることはなかった。

チューリングは暗号解読が成功する前に暗号解読チームの唯一の女性メンバーのジョーン・クラークと婚約する。ジョーンは暗号解読に成功せず挫折する彼を熱心に助ける。しかし、自分が秘密にしていた同性愛者であることが当局に知られることにより（当時のイギリスでは同性愛行為は法律で禁じられていたため）ジョーンも自分と一緒にいたら危険な立場に置かれることを予感して婚約を破棄し、「両親のいる田舎に戻って他の人と結婚して普通の幸せな生活をして欲しい」と言ってジョーンを自分から遠ざけてしまう。そしてチューリングは終戦前に同性愛者であることが発覚し、やがて1950年代に有罪となり強制的薬物治療を受けるという不遇の身となり自殺している。

映画の最後の頃に、既に結婚したジョーンがチューリングの家を訪れる機会があった。彼女は強制的薬物治療を受けて一人で暮らす彼の傷ついた精神と身体の衰弱を目の当たりにして、彼が危機的状態にあることを知る。彼女はチューリングに彼の普通の生活を拒否するほどの尋常ではない研究努力がいかに多くの命を救い、世界がナチス・ドイツから解放されたかを話して勇気づける。そして、こう言ったのだ。「あなたが普通じゃないから、世界はこんなにもすばらしい」のだと。私は、この映画の終わりになって耳に飛び込んだこの言葉に強い感銘を受け、心に刻もうと思った。

私も決して普通でなくてもいい、自分の求めるものに向かって信じた道を一生懸命に歩もうと思ったのだ。

命を持っている美しい現実の存在〈映画『イルカと少年』から〉

今日、ケーブルテレビで『イルカと少年』（原題：*Dolphin Tale*）という洋画を観た。実際にあった出来事のアメリカのドラマ映画（２０１１年）で、漁船の網に引っかかり尾びれを失くしたイルカと、そのイルカのために世界初のイルカの義尾を作ろうとする人々を、イルカに出会った孤独な少年との絆を通して描いた作品……とされている。これまで映画館で観たことはなかった。

アメリカのある海の入江で、父親と海辺に来ていた小学生の少年ソーヤーは、波打ち際で動けなくなっている瀕死状態の1匹のイルカを偶然見かけた。魚を捕獲する丈夫な網に身体がからまって身動きがとれずに打ち上げられた様子。父親の制止に反して、ソーヤーはイルカが気になりそばに行き、手で触って励ます。イルカはなにげなく彼を見つめる。父親にその様子を話すが「放っておけ」とのこと。ソーヤーが困っていると、たまたま、その海辺に「海の病院」という病気や傷ついた野性の海洋生物を専門に保護して治療し、また海に戻す活動をしている非営利団体のような施設の人達が仕事の用事でやって来た。その組織の主催者の（ソーヤーより年が小さい）娘がソーヤー達を見かけ、その傷ついたイルカを見て仲間に知らせる。尾びれがかなり傷ついていたので、「海の病院」へ運び治療することになった。尾びれの傷は重く、感染症も生じていたので、生き延びさせるためにやむなく尾びれを切り取ってしまった。その後、その少女の手助けもあり「海の病院」に出入りすることになったソーヤー達の手当てのおかげで食べる力もなかったイルカ（ウインターと名づけられる）は回復し、大きな水槽の中で泳げるようになったのだが、大事な尾びれがないためにあまり上手に泳げない。ウインターはソーヤーに特別の信服と親しみを感じたのか、誰よりもソーヤーと特別に心を通わせるようになった。

ソーヤーはもともと日頃から学校に遅刻していくような、勉強の嫌いな、友達もいない孤独な少年ではあったが、イルカのことが心配で、学校の授業も放り投げるかのように毎日学校にも行かずに「海の病院」に通い、懸命にイルカの世話をするようになった。尾びれがなくてうまく泳げず生きる気力さえ失いかけているウインターのために、ソーヤーは人工の尾びれを作ることを思いつく。そこで、「海の病院」に関係する義肢装具士の見事な腕で開発された人工尾びれを装着されてウインターは上手に泳げるようになり、再び元気に生きる力を取り戻すのであった。

最初はイルカよりも学校の勉強を第一にしなさいと怒っていた母親が、ソーヤーに連れられて「海の病院」を見に行くようになり、ソーヤーが夢中になってイルカの世話をする様子を見て、息子の心の中に気高く輝くものがあることに気がつく。不登校が続くために、ある時、学校の教師が母親に学校に来させるようにと詰め寄ると、母親はこう答えた。「学校の勉強が大事なことをよくわかっています。でも、今、彼はそれ以上に大切なことに向きあっているんです。あんなに何かに夢中になっている姿は見たことがありません。だから、今は学校に行かなくていいんです」と。教師が「その夢中になっているものは？」と聞くと、彼女は「それは、命を持っている美しい現実の存在です」と教えたのであった。それはイルカのことであるが、ソーヤーはイルカの存在と命の大切さを現実のものとして理解し、それを守ることに夢中になっている……そのことが母親には何よりも尊く嬉しいのだということを言いたかったのである。

命を持っている美しい現実の存在……何という素晴らしい言葉だろう。私はこの言葉を聞いて、この映画を観るのに潰した時間が十分に価値のある時間だったと心から感じたのであった。我々一人ひとりもまた、命を持っている美しい現実の存在である。そのことを心に刻み、大切にしていこうと思う。

子ども時代は二度とこない（映画 *Stand by Me* から）……宝石のごとくにしてそれを惜しめ

今日は成人の日で仕事は休み。久しぶりに昼間からケーブルテレビを観ていたら、映画の *Stand by Me* をやっていた。もう何度も観たのに、つい最後まで観てしまった。

主人公達の男子４人はみな中学に上がる寸前の仲良し小学生である。みんなそれぞれに家庭内の問題と将来への悩み・不安を抱えている。

映画の中で、不良の兄を持つが正義感が強く心が真っ直ぐで少し大人びているクリスが、子どもっぽくバカげてはしゃぐテディに「子どもだな！」と言う場面がある。すると、言われたテディはムキになって「子どもだと言うけどなあ、子ども時代は二度とこないんだよ！」と言い返す。

確かにそうだ。自分が子どもの頃は、そんなことは考えたこともなかった。小学生から中学生へ、そして高校生になり……、そうやって自然に大人になっていくぐらいしか思いはなかっただろう。自分の子ども時代、どんなふうに毎日を過ごしただろう？　どんなふうに「子ども時代」を大切にしただろう？　この映画の主人公達のように、どれだけ友達を大事にしただろう？

その何気ない言葉は、実はこの映画（小説）のメイン・テーマの一つでもあると、映画のエンディングに主人公が電動タイプライターに打ち込む「12歳の時の友達にまさる友人を後に持ったことはない」という言葉を見て悟らされるのである。

倉田百三は、「青春は短い。宝石のごとくにしてそれを惜しめ」と著書『愛と認識との出発』の中で書いているが、この映画を観て、「子ども時代は短い。宝石のごとくにしてそれを惜しめ」と、世の中の子どもたちに言ってあげたくなった。

〈参考文献〉
倉田百三『愛と認識との出発』角川文庫（角川書店）

映画『バック・トゥ・ザ・フューチャー』から30年後の未来の年（２０１５年）

ＳＦ映画の『バック・トゥ・ザ・フューチャー』（*Back to the Future*）が生まれたのは、ちょうど今（２０１５年）から30年前の１９８５年。高校生マーティ・マクフライが科学者のエメット・ブラウン博士（ドク）と、タイムマシンに改造した乗用車デロリアンで、過去に出かけたり、未来に出かけたり……実に面白かった。

ＰＡＲＴ２では、２人はマーティのガールフレンド（ジェニファー）とデロリアンに乗って、30年後の未来、つまり今年２０１５年に旅立つ。今の世界は、30年前と比べてどんなに変わっているだろう？　科学分野、医療においては当時と比べて画期的な新しいものが沢山生まれている（インターネットの発達、携帯電話の進化、ハッブル宇宙望遠鏡や国際宇宙ステーションの打ち上げ、遺伝子工学の進歩、再生医学の出現など数えきれない）。一方、マーティが乗っていた浮遊スケートボードのホバーボードなどは、まだできていないが……（もちろん、そもそもタイムマシン自体も作られていないし、ホーキング博士などはタイムマシンは作れないと言っている)。

30年経ち、文化や社会生活スタイルの変化、国際的政治状況の変容もあるように思われる。では、人間の内面的な部分(心、精神など)はどうか? ……こちらは、30年前と大きく変わっていない気がする。

南の島に雪が降る

奄美大島に１１５年ぶりの雪が降ったというようなことを新聞で読んだことがあります。『南の島に雪が降る』という古い映画があります。この奄美大島に降った雪は本物の雪で良かったと思いました。

前に、ケーブルテレビで映画の『南の島に雪が降る』を観ました。俳優の加東大介さんの従軍手記です。

この従軍記は、１９６１年に発刊され、のちに映画化されました。太平洋戦争末期、飢えとマラリアに苦しむニューギニアの戦地で、兵士の慰安と士気高揚のため作られた劇団の人々の実話です。

南の島で降る雪？　何だろう？　と思いました。

戦争映画ですが、名作です。東北地方出身の兵士たちは、戦地のみすぼらしい仮舞台の上で、紙で作った雪が舞い散るのを見て、全員声も出ずに泣いていたそうです。住んでいた田舎の冬の光景……家族……友達……好きだった女性……そこに生きていた自分の姿……を思い出して胸が詰まったのでしょう。過酷な戦地の現実の中で、もう一度あの故郷に帰りたい……はたして生きて帰れるのか？　……いやいや死すとも指揮官の命令に従って戦闘第一と腹をくくらねば……自分はどうなるんだろう？　……いろいろな想いが涙とともに巡ったことでしょう。

加東大介さんの人間性、俳優根性にも魅せられますが、これは感動的な民間レベルの反戦映画でもあります。最近はこういう実話に基づく反戦映画は日本にはないような気がします。

それにしても、今の「南の島に降る雪」は紙ではなく、本物の雪で良かった。

恐れと闘う者

さきほどケーブルテレビで観た１９８４年のケヴィン・ベーコン主演のアメリカ映画『フットルース』（*Footloose*）の中で流れた音楽（題名見逃した）の歌詞の一節に「恐れと闘う者を天は助ける」という言葉があった。これはきっと、それが正しいこと、自分が信念をもって望むことであるなら、新しいことを勇気をもって開拓していこうとする者を、神は応援して助けてくれるから、さあ恐れずに前へ歩こう！　……という人生の応援歌なのだろう。「恐れと闘う者を　天は助ける」……いい言葉だと思った。

ちなみにこの映画は、保守的な田舎町にやって来た高校生が、住人との隔たりを克服していく青春物語である。

彼に拍手を！

アメリカ映画『フットルース』（*Footloose*）の中では沢山の当時のヒット曲が流れたが、別の音楽（これも曲名見逃し）の歌詞の一節に「彼に拍手を！　みんなで手をたたいて　魅力に気づいてあげなくっちゃ」という言葉があった。これは、自分に自信がなくてしょげている仲間に、……誰にでも魅力はあるもんだよ、君にも隠れた魅力があるのに今まで気がつかなくてごめんね。さあ、友達諸君、彼の魅力に気づいてあげよう、そして友として拍手をしてあげよう！　……という趣旨の歌詞だと理解した。そうだ、私も、身近な人たちの中にあって、ただ漫然と表面的に人を見ていて、その人の秘めたる魅力に目もくれないで気がつかないで過ごしてはいないか？　……そう気づかされた音楽だった。

人が生きるということについて

さきほど、ケーブルテレビの映画番組で『フォレスト・ガンプ　一期一会』というアメリカ映画を観た。フォレスト・ガンプは、主人公の氏名で、彼の小児期から学生時代、軍隊時代、除隊後の仕事から、やがて父親となり、妻が亡くなるまでの約35年以上にわたる壮大な長い人生の物語である。フォレスト・ガンプは生まれつき少しＩＱが低いが、生活は自立できる。純真な心を持ち、優しく正直で誠実で礼儀正しく真っ直ぐに生きる。それゆえに、子供の頃からいじめられたり、からかわれたりするが、強い心をもって前向きにひたすらに真面目に生きて成長してゆく。幼馴染みの少女と親友のように仲良く育つが、やがて別れたり再会したりを繰り返し、それぞれの人生を別々に歩みながら時は過ぎていく。フォレストの生きた時代背景はケネディ大統領暗殺からフォード大統領銃撃事件までの国政の変動の時代で、フォレストはこれらの大統領とも思わぬことで出会う機会を得る。出兵したベトナム戦争の前線で身を挺して救った上官との出会いや戦友との別れ、思わぬことで仕事に成功して裕福になったり、大事に育ててくれた母親の病死、アメリカ大陸を3年もかけて走って何度も横断したり……など彼の人生は大きく展開していく。初恋の幼馴染みの女性への純愛は大人になっても常に消えることなく、やがて二人は夫婦となるも、彼女も若くして病死してしまう。

物語の最後に、亡くなった妻と子供の頃に田舎の木の下で、二人で一緒に遊んだ日を思い出しながら、彼は思いにふける……「人は、それぞれ運命をもって生まれているのか？　それとも、ただ風の中に漂って生きているだけなのか？　……僕にはわからないが、両方だと思う」。

人が生きるということについて考えさせられた。そう……私も「僕にはわからないが、運命がどうであろうと、人生はただ風に吹かれるままではなく、時にはいろいろな風に漂わせられながら、しかしフォレストのように純真な心をもち、優しく誠実に生きていたい」と答えよう。

人生のレシピ

昨日、ケーブルテレビで、『地中海式　人生のレシピ』というスペイン映画を観た。ある映画解説には「後に一流シェフとなる女性が、幼馴染みの男性二人から愛され続けた半生を描いた、恋もおいしい料理も満載のドラマ」とある。強い信念を持つ自立した女性が、レストランの一流シェフとなってから、素晴らしい料理のレシピを生み出して活躍するが、同じ職場の部下の料理人との恋愛に迷い、お互いの意地の張り合いのぶつかり合いに悩みながら成長していく物語で、ある時、お互いの気持ちがすんなり通わず、ふっとため息交じりに「人生のレシピが欲しい……」とつぶやく。

レシピ（recipe）とは、何かを準備する手順書であり、特に料理の調理法を記述した文書を示す。すると、「人生のレシピ」とは、「人が生きていく上での適切な生き方の手順・方法」のことであろう。映画では、料理のレシピの達人でさえ、自分の人生のレシピは持ち合わせていない……自分でそれをじっくりと作っていくのだ……という主旨ではないかと思う。ひるがえって、私自身の「人生のレシピ」は、どんな形で、どこまで作ってきたことだろう。そんな思いに浸った味のある映画だった。

We love you……誰が愛しているのか？

テレビのアメリカ映画の中で、旅行のため、家から遠くにいる父親がそばにいる息子と一緒に、家にいる妻に電話をしていた。電話を切る前に、父親は“We love you!”と大きな声で妻に言った。

あれ？　“I love you”はアメリカ映画やテレビドラマで聴きなれているけど、“We love you!”は新鮮な響きであった。

確かに、父親と息子の二人（つまり複数）が彼女を愛していると伝えたいのだから“We”は正しい。

日本語では、会話にしても文章にしても、主語や目的語がしばしばはぶかれる。

好きな彼女（または彼）に「愛しているよ」とは言うが、「僕（または私）は貴女（または貴方）を愛しているよ」とは、わざわざ言わないだろう。日本人は、そのような（主体や対象を明示しない）言葉のあいまいさはあっても、言いたいことは伝わっていると思い込んでいる。
しかし、（broken English は別として）英語では、「愛しているよ」を “love” とは言わない。個人が相手に言う時は “I love you” と主語と目的語を明示する。……ここまでは、ごく普通のことであるが、このたびの、“We love you!” を聞いて、日本語と英語の基本的な相違をさらに教えられた気がした。

誰が愛しているのか？　……「私」なのか「私達」なのかを明瞭に示すことは、言葉を発する主体を重要視しているからだろう。そして、その主体が発する言葉の対象を明示することで、主体と相手との関係が厳格に示される。それが、英語によるものの考え方の基本にもなっているように思う。

英語という言語は、自分（自分達）と相手の存在を意識し、重要な言葉の要素として成り立っているもので、それゆえS（主語）＋V（動詞）＋O（目的語）……という基本文法があるのだろうと、あらためて思い起こされた映画の一コマであった。

時の矛盾……いったい時《とき》（Time）とは何か？

ケーブルテレビで、久しぶりに映画『ファイナル・カウントダウン』（*The Final Countdown*）を観ました。もう3回目かな。

『ファイナル・カウントダウン』は、1980年のアメリカ映画。超最新兵器を満載して航行中の原子力攻撃空母が、突然、謎の竜巻の嵐に巻き込まれて40年前にタイム・スリップし、1941年の日本海軍による真珠湾奇襲の前日のハワイ沖に出没するというSF映画です。偵察機が持ち帰った真珠湾の写真や、最新鋭のジェット戦闘機からの情報から、艦長以下の乗員はその歴史的な日にタイム・スリップしたことに気づき、歴史の事実に反してアメリカを守るために日本海軍機の真珠湾攻撃に介入して阻止すべきかどうか考え込む。

未来の人間が、一度起きた過去の歴史を変えることをしてよいのか？　もし、そういうことをしたら、その後の世界はどうなる？　そんなことはありうるのか？

アインシュタインや、タイムトラベルの話などが持ち上がるが、誰もどう行動してよいのかわからない。

空母に乗り合わせた民間人が、こんなことを説明する。

「時の矛盾ていうやつですよ。たとえば、私がタイム・スリップして、祖父の若い頃の時代に戻っているとして、祖父がまだ結婚する前に会って祖父を殺したとする……すると、今の私は存在しないことになる。存在しないはずの私が、過去に戻って祖父と会う……そんなことはありえない」

その時、その空母に起きていることは何なのか？　何をしてよいのか？　艦長も悩むがわからない。

別の乗員が、つぶやく……「私には何が起きているのかわからないが、言えることは、一度起きたことは元に戻らないってことです」。

艦長は、過去の歴史を変える行為を慎み、日本海軍の行動を見守るが、最終的にアメリカ軍の一員として日本海軍の真珠湾攻撃を阻止しようとジェット戦闘機部隊を発進させてゼロ戦部隊を攻撃しようとする。数分後に空中戦が始まる直前に、また謎の竜巻が発生して、戦わずに空母はもとの40年後の未来に戻ってしまい、真珠湾攻撃は成り立つことになる。

その後、40年後に戻った民間人の前に、40年前の世界に取り残された乗務員らが年老いた姿を現すところで、映画は終わる。

似たような疑問（過去に戻って、歴史の事実を変えてもいいのか？　その場合、その後の世界はどうなる？）は、映画『バック・トゥ・ザ・フューチャー』の中にも出てきている。

タイムトラベルは可能か？　ということも興味深いが、「いったい時《とき》（Time）とは何か？」、「歴史の流れに、もしも？　はありえないのか？」という哲学的あるいは理論物理学的テーマには底知れぬ好奇心を惹くものがある。

とてつもなく広大な宇宙の中で

先日、ケーブルテレビで久々に映画『コンタクト』（*Contact*）を観ました。そのラストで、子供たちに「宇宙人っているの？」と聞かれた主人公の女性宇宙科学者が「宇宙はとてつもなく広いのよ。その中に（知的生物が）地球の人間しかいないなんて、宇宙空間がもったいないでしょう？」と笑顔で答えています。あらためて素敵な映画だと思いました。今もどこかで息をひそめて、宇宙の中にいるかも知れない知的生物を探して目を凝らしている科学者達がいるのでしょう。いつかその壮大な知的努力が叶う日がくることを願わずにはいられません。

映画『博士と彼女のセオリー』によせて
―宇宙のすべてを説明するただ一つの理論―

昨日、映画『博士と彼女のセオリー』を観ました。著書『ホーキング、宇宙を語る』で有名な理論物理学者でケンブリッジ大学教授のスティーヴン・ホーキング博士がケンブリッジ大学大学院生の頃に同じ大学院生の女性ジェーンと出会い、恋をして23歳で結婚し、さらに49歳での離婚、その後に至るまでの物語です。

若き英才のスティーヴンは、宇宙論の研究をテーマとし、ロジャー・ペンローズの「特異点定理」を応用して、「宇宙のすべてを説明するただ一つのセオリー」を見出そうという研究に励みます。

しかし、21歳の時に手足の筋力低下を生じ、まもなく筋萎縮性側索硬化症（ALS）という不治の難病の診断を受け、余命2年の宣告を受けます。それを知って、恐らく彼女の将来の幸せを考えて愛するジェーンから離れようとするスティーヴンと、余命2年であることを知ったジェーンが彼を愛する気持ちをさらに固めて共に生きようと決意を告げて結婚。彼は、やがて車いす生活になり、人工呼吸器装着にまで至ります。

生きる希望も研究意欲も失った彼ではあったが、彼を真摯に支えるジェーンの存在と、脳は正常に保たれることを確かめてから希望を見出して再び研究に精力的に打ち込み、ブラックホールの研究や、「宇宙の始まりは？」、「時間とは？」という究極のテーマの解明に集中します。やがて、１９７４年に「ブラックホールの蒸発理論（ホーキング放射）」の理論を発表。量子宇宙論という新分野を形作ることになります。

家庭生活では、献身的な妻ジェーンとの間に３人の子供を得たが、やがてジェーンの心が離れて（？）離婚します。

この映画は、ホーキング博士の理論物理学者としての成長過程や研究生活の一面を描くことよりも、妻ジェーンとの出会いから別れまでのエピソードの記述が主題になっているように感じました。そして、ＡＬＳという難病を抱えながらも、今なお研究に励むホーキング博士の「人生がいかに悪く見えるとしても、命があるなら、希望がある」という言葉が映画を熟成させています。

なお、この映画の原題は *The Theory of Everything*（すべての理論）であり……つまり、「宇宙のすべてを説明するただ一つの理論」を証明する夢を追求するホーキング博士の半生にまつわる物語……ということでしょう。

余命２年と言われたホーキング博士との愛を貫くことを決意するジェーンの真摯で純粋な姿にも涙が出る真面目な恋愛映画でもあります。

第5章

思い出の日々

私がターザンだった頃

信州の山奥で育ったので、幼児の頃から、遊びは野山の中でした。中でも面白かったのは、兄や幼い友達どうしで、近くの森の中に入り、昼間から薄暗い高い木々の上から垂れ下がっている太い蔦《ツタ》につかまってぶら下がり、木から木へと飛び回って移ることでした。「アア〜アア〜！」とは叫びませんが。まだ映画のターザンのことなど知らない時でしたが、その後、テレビでターザンというものを知り、あの頃の自分もターザンだったことに気がつきました。

あの森がどこにあり、その後どうなっているのかは知りませんが、今の私の原点はあのターザンの日々に培われたと信じています。

私がトム・ソーヤーだった頃

信州の山奥の村から、私は一家でふもとの町に降りてきて、地元の小学校に入った。周りのみんなは保育園や幼稚園からの顔見知りの友達どうしばっかりであったが、私は誰もが初対面であり、近所にも同じクラスの男の子がいなくて、なかなか親しい友達が出来なかった。家の外で遊ぶのは、もっぱら2歳ほど離れた兄と兄の男友達だけだった。

母の田舎が、たぶん家から30㎞ほど離れた村にあり、小学校の2年生頃に、兄たち4人ほどと歩いて母の実家まで遊びに出かけたことがあった。子供どうしの初めての大冒険であった。道筋は以前に母とバスで行ったので覚えていた。途中は、ほとんど田んぼや森ばかり。

目的地までだいぶ近づいた頃、いたずら好きの男の子たちには魅惑的な謎めいた森が見えたので、みんなでそこに入ってみた。その奥には、かなり大きい沼があり、その近くに折れた木の枝などがあった。

「いかだを作って遊ぼう！」と誰かが言った。みんなで、その辺の木の枝などを集めてきて、組み合わせて、ちょうどそのあたりにあったロープでしばって、いかだらしき物を作り上げた。

「さあ、行こう！」と、年上の兄たちに連れられて、そのいかだに立ち乗りして、沼の中へ繰り出した。大いなる冒険の始まりのはずだった。が、しかし、岸を離れて沼の真ん中に来てしばらくすると、（今だから、本当のことが言えるが）たぶんちょっと怖くなった私がバランスを崩し、いかだが揺れ始めた。おまけに、いかだが壊れ始めた。「おい！　なんだ？　誰が揺らした？」などの声が聞こえた頃、いかだはすっかり壊れて、みんな水の中へ落ちてしまった。沼の深さは３ｍ以上あったと思う。泳げる兄たちは岸辺にたどり着いたが、まだ泳げなかった私が、どうやって助かったかは覚えていない（いかだの木にしがみついていて……たぶん、兄が助けてくれたのだろう）。岸にあがったみんなは、全身びっしょりになって、草の上に倒れこんでいた。

まもなく、騒ぎを聞きつけた近所の大人たちが駆け寄ってきて、お巡りさんも、救急車もやって来て大騒ぎになった。母の実家にも連絡が入り、親戚のおばさん達が迎えに来てくれた。連絡を受けた母も、急いで駆け付けて来た。子供たちは、全員無事だった。大いに母に叱られただろうが、こちらは水に落ちたショックで、それは耳に入らなかった。

あの手作りのいかだで沼に繰り出した時の、胸弾む冒険のひと時は、ミシシッピー川をいかだで下り海賊ごっこをやったトム・ソーヤーにちょっと似ているような気がして、懐かしい。

もう一度会いたい人

幼い頃、信州の山奥の僻村に住んでいました。

5歳頃かな……山のふもとの父の実家に、父の仕事の都合で引っ越すことになり、引っ越し当日、荷物を載せたトラックに乗って近所に住む仲良しの幼馴染みの家に別れを告げに回りました。野山を一緒に駆け巡った同じターザンの彼は、黙ってさよならの手を振って見送ってくれました。ずっとトラックの中の私の顔を見ていました。また彼と遊べるような気がして、私もぼんやり遠ざかる風景を見つめていました。

それから一度も会っていません。名前も顔も忘れました。彼のことや、あの場所を知る私の両親は既に亡くなり、彼を捜すツテもありません。

あの日のことを彼も覚えているだろうか？　もう一度会いたいなあ。そして、お互いのその後の人生の足跡を語りあいたい。

今の私の人間としての原点は、あの日の光景の中にある気がします。

風船が空を越えて飛んでくればいいなあ

夜のテレビ番組で、こんなニュースを報道していました。

〈うろ覚えの概略です〉

最近の実話です。九州のある小学校で、全校生徒が願いを書いた紙を付けて風船を空に飛ばしたそうです。その後、しばらくしてその小学校に、遠くの心当たりのない住所の男性から電話がありました。

「そちらの生徒が飛ばしたと思われる風船を見つけましたが、○○という名の子はいますか？」

実は、その風船の手紙には、「大きなステーキをまるごと食べたい　○○」と書かれていました。そして、偶然にも、その風船が落ちていた庭の家は、大分県の豊後牛を育てている地方の畜産農家だったのです。拾った男性は、遠くから手紙を飛ばしてきたその子の夢を叶えてあげたいと思い、ステーキ用の牛肉を送ろうかな？　と考えましたが、一応どうしたものかと妻に相談。初めは、「家で牛を育てているけど、今まで自分の家でステーキを食べたこともないし、子供にステーキを食べさせたこともない。どこの誰だかわからない子供に肉を送る必要はない」と反対されました。それでも、ステーキを食べたいと書かれた手紙が牛を育てる家に届いたことに縁を感じて、手紙を書いた見知らぬ子供の心情も想い、２人は肉を送ることにしたのです。そこは、とてもおいしいことで有名な豊後牛の産地。その家はステーキ用の牛肉は生産していなかったので、地元の肉屋で大きなステーキ用の豊後牛の肉を買うことに決めて、手紙に印刷されていた小学校に電話したのです。

学校長は電話の話に驚きましたが、個人情報なので○○という名の子がいるかどうかは教えられないと返答。一方で、（イタズラ電話かもしれませんから）とりあえず○○という名の生徒がいるのかを捜しました。すると全校で３人の○○という生徒がいることがわかりました。一人ひとりに順番に「何て手紙に書いたの？」と聞くと、「美容師になりたい」という女の子もいましたが、最後の子が「大きなステーキをまるごと食べたい」と書いたことがわかりました。８歳の２年生の男の子です。そこで、母親に電話で連絡して事情を説明。そして、母親の了解を得て、その畜産農家と連絡を取り合い、肉が送られることになったのです。母親が、何でそんなことを書いたの？　聞くと、「力をつけて大きくなりたいから」との素朴な返事。

まもなくして、その子の家に、荷物が届きました。中には、大きなステーキ用の肉が二つ入っていました。「こちらは豊後牛の地元です。おいしい肉を食べて、勉強にもスポーツにも頑張ってください」と書かれた手紙を添えて。母親がさっそくステーキを焼いてくれました。その子が喜んだのは言うまでもありません。その後、大きなステーキを食べた子供から手書きの感謝の返事の手紙が届けられ、それを読んだ男性は涙が出ました。……というような報道でした。

○○君と、肉を送ったご家族のその後の交流が目に浮かびそうです。

この話を聞いて、私も、ずっと昔の小学生の頃を思い出しました。

私も、4年生の頃に担任の先生の発案で、クラスのみんなとはがきを付けた風船を学校の庭から飛ばしたことがありました。ワクワクしながら、「これを拾った人は返事をください」とだけ書いて。その頃は、個人情報を伏せるなどの難しい話はなく、自宅の住所と名前を書きました。

しばらくして、風船のことなど忘れかけた3週間ほどしてから、家に見知らぬ人から手紙が届きました。それは、山を越えた隣の県の住所からでした。どこか忘れましたが、もう空気も抜けてつぶれた風船が落ちているのを偶然に通りかかったお年寄りの男性が見つけて拾い、はがきを読んで返事をくれたのです。

「風船を拾いました。元気に遊んで大きくなってくださいね」ということが書かれていた気がします。私は嬉しくなり、ヘタな字でお礼の手紙を出しました。しばらく、おじいさんと子どもの文通が続きましたが、ほどなくやり取りは終わりました。その後、あの頃の手紙はどこかにいってしまい、もう連絡はつきません。私もすっかりいい大人になりました。あのおじいさんはどこでどうしているのやら……テレビを観て久しぶりに思いを馳せました。

私にも、手紙をつけた風船が秋の空を越えて飛んで来ないかな〜。

青春の昼寝

わが故郷の信州は一年中、自然を味わえる山と湖の田舎です。

今からのシーズン……夏は夏で、緑の山と、青い空、山に自生する草や花たち、鳥の鳴き声、飛び交う虫たち……その中を歩くと、生き返ったような爽やかな気持ちになります。

空の青さ……久しぶりに、田舎の山に入って空を見上げると、こんなに青かったのかと驚くほどです。

大学生の夏の一日、同級生の友達6人ほどで、気ままに田舎の山の中を歩いた時、写真のような草原状のところで、みんなで草の上で昼寝をしたことがあります。夏でも気温はせいぜい22℃くらいで、太陽は照っているのに涼しく、すっかりみんな

熟睡しました。山風に吹かれる草の音に、ふと目を覚ますと、自然と一体になっている自分たちを感じました。

「さあ、また歩こうか」……足取りは軽くなっていました。

あれから……あのみんなはどこに散ったのだろう？　なんとなく、誰とも連絡のとれないいま、また夏の山のシーズンを迎えています。

久しぶりに、またあの山の草原で風に吹かれながら、みんなで語り合いながら昼寝についてみたいものです。

青春の思い出の昼寝でした。

夏の思い出は遥かな空の彼方に

仕事の合間の昼休みに、ふと窓の外の空の向こうを見ていたら、学生時代に兄と二人で尾瀬に登った日のことが思い出された。そう、あれはちょうど今の季節の尾瀬だった。

大学受験の浪人の私が、きっと気分転換を求めて兄を誘ったのだと思う。珍しく、兄が同意してくれた。

きっと今は、あの日と同じように、水芭蕉の花が静かに群れ咲いている頃だろう。あの尾瀬ヶ原の中の木の小道を、あの日のように、リュックを背負った人々がすれ違う人たちに挨拶を交わしながら、ゆっくりと歩いていることだろう。

あの日、燧ヶ岳にはまだ雪渓が残り、その氷の壁を二人で登った時は、何度か滑り落ちそうになったな。人気のない山の中を歩いていた時は、どこからか熊が出てきそうで、二人とも黙って足早になったものだった。

高校を出てから、兄と二人で旅をしたのは、この尾瀬だけだった。

あれから、兄は大学を出て田舎に戻って就職。私は、あいかわらず東京に住んで働いている。

二人で一緒にまた尾瀬の山を歩く日はもうなさそうだ。ただ、この時期に空の向こうを眺めているると、あの頃がよみがえる。懐かしさは、水芭蕉の花のように、ほのかに恥ずかしげなものだ。

自分で選んだ道

大学受験に失敗して浪人となり、将来の選択に迷いが生じていた頃のことです。夏休みに実家に帰った時、あの山奥の故郷の村が懐かしくて、一人でバスに乗り、訪ねたことがあります。なんとなく覚えている場所を長い間歩いて回りました。もう午後も遅くなり、西日がさす頃でしたが、自分の歩く少し前を、農具を肩に担いだ親子らしい二人が話しながら歩いていました。畑の作業を終わり、帰宅の途中のようでした。

子と思われる若い青年が、どうも農業の仕事を継いでいくことに不満を言ったようです。すると、父親と思しき一人が、それを否定するのでもなく、「仕方ないよ、自分で選んだ道だもの」と言うのが聞こえました。青年は、なんとか納得したらしく「そうだね～」と答えて、二人は肩を並べて歩いて行きました。

私は、その時、自分で決めて選んだ道を迷わずに歩いて行こうと密かに思いました。志望の仕事に就いたのは、さらに先のことでしたが、あの時の決意が実を結んだのだと思っています。

思い出の町並み、そこを歩いていた自分

今日は仕事絡みの用件で、都内の水道橋に行ってきました。あのあたりは、御茶ノ水も近くて、予備校生の浪人時代によく歩き回った所。懐かしい学生街です。ほろ苦い思い出がよみがえってきました。街の姿はどこか移り変わっているはずだが、思い出の町並みは昔のままです。あの道やこの道を歩いている自分が見えそうでした。

時間の流れを超えて

明日から仕事絡みの所用で札幌へ。北海道の地を訪れるのは十数年ぶりかも。懐かしい思い出が蘇りそうです。札幌の街並みを歩けば、時間の流れを超えて、十数年前の自分に出会いそうです。人の心は不思議ですね。外見は変わっても、その中に在る心は変わらぬものを持ち続けていそうです。

東京の親切な人

高校３年の夏休みに、受験の準備で、初めて一人で信州の田舎から電車に乗って東京の予備校の全国模試を受けに上京した時の話です。試験会場の大学は初めて行くので、駅を降りてから、頭に描いた道筋を歩いて行ったが、どうも受験生らしい人達がまわりをほとんど歩いていないので不安になりました。

おや？　道を間違えたかな？　……しばらくして、四つ角の家の前に人の良さそうなおじいさんを見つけて、目的の大学までの道を聞きました。

すると、その人は、私が田舎から出てきたばかりと思ったのか、真顔で丁寧な言葉遣いで「東京には、親切を装って人をだまして、うその道を教える人がいるから、よく気をつけなさい。その大学は、この方向に真っ直ぐ行くとわかるよ」と親切に教えてくれたのです。

私は、いい人に会ったと嬉しくなり、深くおじぎをして感謝しました。

さて、教えられた道を歩いてゆくと、何故か受験生らしい若者はそばに誰もいなくなりました。

そこで、はたと気がつきました。その道は、会場と反対の方向に向かっていたことに。

最初に歩いていた道が正しく、余裕をもって早めに会場に向かったので、まだ歩いている受験生が少なかっただけでした。

あ！　あの親切なじいさん！

東京の変な人

高校を卒業して、浪人生活を都内の早稲田駅の近くの古い安アパートで始めました。四畳半一部屋。入り口の隙間だらけのガタガタの木の引き戸を入った小さな玄関は昼間でも真っ暗。部屋には何もなく（エアコンもテレビも冷蔵庫もおよそない）、他に押し入れがあるだけ。トイレと、洗濯場（洗濯機なしなので、流しで手洗い）は廊下にあり共同です。田舎から送った荷物が入っていたミカンのダンボール箱を畳に置いて衣服入れや勉強机がわりにして、いよいよ花の都の青春スタートです。

さて、しばらく経った7月頃の暑い日曜日。エアコンもないので、部屋の窓を開け、玄関の引き戸も少し開けて、部屋で本を読んでいたら……玄関で物音がして、まもなく見知らぬ男が部屋に入って来たのです。

あれ？　うん？　と思って、そちらを見たら、その男と目があいました。すると男は、「あ！すみません。開いていたので……」と言いながら、すっと外へ出ていきました。

要するに、空き巣泥棒だったわけです。まさか、中に人がいると思わなかったのかな？　田舎出の純情な青年には、その事態がわからず、「あれ？　また出て行った。東京には変な人がいるなあ」と思っただけで、また本に戻りました。

刃物でも持っていたら、危害を加えられたかも知れませんが、そんなことも思いもせず……平穏にその日は過ぎていきました。

東京で驚いた人

高校を卒業して、東京に来て、予備校生生活を送ってだいぶ経ったある日の夕方のこと。私は、東京の郊外にある、とある学生寮に入って都内の予備校との電車通学の行き来の生活を送っていた。

その日、授業を終えて、いつもの駅からいつものように混んだ電車に立って乗って帰っていた時、急に電車が揺れて、ふと体が前に倒れ掛かった。その時、前の座席に座って目をつむって下を向いていた男が、びっくりしてこちらを見上げた。あ!!　この顔は！　……まぎれもなく、中学と高校で同じ学校の同級生だった友人だった。彼は現役で某大学に入学。その日は大学の友人達とどこかに遊びに行った帰りだったようだ。高校を出てから、久しぶりの再会だった。彼も、私の顔を見て誰だかわかり声が出ない。しばらくして、混んでいたので軽く話を交わして、連絡先も聞かずに先に私が電車を降りた。

驚いた。こんなに広い東京で、何の便りも交わしていない昔の友人に、あんな所で出会うなんて。あの時、電車が揺れなかったら、お互いの顔を見ることもなかっただろうに。

東京には驚くような人がいる……人生では驚くような人と出会う……しみじみそう思った。

アメリカで感心したこと　Deaf child is here!

もうだいぶ前のアメリカにいた頃の忘れられぬ思い出話です。

アメリカの田舎の町や村は、本当にのどかで静かで、家も離れ離れになって、閑散としていて、よく驚かされます。

ある時、アメリカの北部にあるミネソタ州の田舎の道をドライブしていた時のことです。小高い山の中を抜けてくだり、少し右にカーブする小道にさしかかった時、その曲がり角の付近にやや大きな立て看板がありました。何気なく、何だろうと思って看板の文字を見ました。

そこには、手書きで "Deaf Child Is Here!" と書かれていました。「耳が聞こえない子供がここにいます！」です。

よく向こうを見ると、古い農家と思われる一軒家が建っていました。

そうか、あの家の人がこれを書いたんだと思いました。

きっと、たぶん、その家には耳の不自由な子がいて、外に出た時に、この道を走って来る車の音に気付かずに事故にあってしまうかも知れない。それを心配して、その親（あるいは兄弟？　あるいは近所の人？）がこの立て札を作り、ここに立てたのだろう……と思いました。優しく、そして勇気がある人だなあと感心しました。

すごい山の中の田舎の道だから、交通量は少ないが、それでも子供を心配して自分でその立て札を立てたのだろう。その時、そこに、その子の姿はありませんでしたが、その後も、無事に楽しく育っていくことを願ったものです。

日本では、このような立て札は未だに見たことがありません。

そうだ、今日は９・11だった

そうだ、今日は９・11だった。あれからもう15年が経った。

あの日、私はウィーンにいて、遅い朝食をとろうとホテルのレストランに入ったら、宿泊客たちがテレビ画面を観ながらあわただしくざわめいていた。アメリカ人の宿泊客たちが、騒然としていた。何かニューヨークで旅客機が絡む事件らしきことがあったようだが、ドイツ語のニュースでよくわからない。その時、私には事態がよく捉えられなかった。いろいろな国からの宿泊客が仲良く歓談していたホテルの中を思い出す。

その日の夕方、知り合いのオーストリア人の家で一緒に夕食を食べていた時に聞いてみると、アメリカで世界貿易センタービルに飛行機が突っ込んだとのこと。はっきりしないがアラブ系過激派のテロのようだとのこと。あれでは何千人も亡くなっているだろうと、首を振りながら声を落として言う。彼は穏健で敬虔なクリスチャンだった。テロリストへの怒りや恨みの言葉は特になく、犠牲者への哀悼の念だけが静かに伝わってきた。

その後、帰国予定の飛行機は飛ばず、いくつかの予定外の航空会社の旅客機を乗り継いで何とか日本に戻ってきた。事件の全容を知ったのはそれからであった。

あの日、突然、何の前触れも説明もなく、勤務中に残酷に命を奪われた多くの人達とその関係者の痛ましい悲しみに、改めて哀悼の意を表し、今宵は多様な背景を抱える人間の共生への道のりに思いを馳せたい。

人はいかにしてお互いを知りあい、お互いの違いを理解し、人種や社会制度や民族や宗教の違いの偏見や憎悪を越えてお互いの幸せの実現に協調しあえるのか？……と。

屋根の下のバイオリン弾き

もう随分前の秋の夜だった。

何気なくラジオのニュースを聞いていたところ、「……本日×時×分頃、東京都板橋区○○のA家から出火……」と小さな火災の事を言っていた。それは、以前私が住んでいた珍妙な学生寮の火事の話であった。久しく忘れかけていた板橋の頃の、あの寮生活が一瞬で蘇る……。

その頃、浪人していた私は、B予備校から紹介された何カ所かのアパートの地図を手にして、あちらこちらへと、千葉県の方までアパート探しをして歩き回った挙げ句に、格安の食事付きの寮を発見した。その寮の紹介文には、「本寮の出身者からは東大合格×名、医歯大合格×名……」とか何とか、妙に誇大宣伝的なPRが強調されていたが、何よりも2食付きで月○○円ぐらいという部屋代にひかれて、私は即電話をしてみた。すると、「面接の結果で入寮を決めるので、親も一緒に来ること」という事だった。

仕方なく田舎から上京してもらった親と、東武東上線の○○駅まで出かけると、二階建てのアパートのような建物が十棟ばかり並んだ門の前には、鋼板に「A学館……東大生、東京理科大生……その他留学生多数寄宿中……」と彫刻されてあったので、「留学生までいるのか！」

と私は内心圧倒されながら門の中に入ったものであった。

緊張しながらA氏を待っていると、腰にきたない手ぬぐいをぶらさげて、よれよれのシャツと作業ズボンを身に着けた老人がスタスタとやって来たので、職人かなと思っていたら、彼こそA氏だった。

「ちょっとその部屋で待っていてください」と言われて一室に入ると、山と積まれた古本の中に壊れかけたようなソファが一つあった。1時間近く待たされ、そこの寮生の優秀さをたっぷり聞かされ、「人間は誠実、清貧、正直、勤勉が一番ですよ」という処世訓までたれてから、やっと入寮の相談の話になり、予備校の紹介状には敷金と礼金無しとあったのに、結局2カ月分もとられて、やっとのことで入れてもらえることになったのだった。

A学館の敷地内は何本もの木がうっそうと繁り、食堂棟は別にあり、学生は200人ばかりいるとのことだった。それぞれの棟には名前がつけられ、私の部屋のある棟は「静思」と名付けられていた。その2階の3畳間が私の部屋で、窓の外には大木が繁り、そのすぐ向こう側は便所と池で、一日中光はささず、じっとりと湿っぽく暗かった。部屋の中には何もなく、部屋の戸は片手でもすぐ外れるし、隣室の学生の咳払いが聞こえるような部屋だったが、何か妙な秘密がたっぷり潜んでいるような雰囲気に満ちた生活の出発は、明日への希望さえ持てそうな気にさせてくれるものがあった。

4月、5月と、A学館と予備校との行き来の生活が続いてから、6月に入った頃のある日、いつものように予備校へと行こうと門を出ようとした私は、門に入って来た学生を見て驚いた。彼は同じ高校の友人だった。

彼の話では、かなり前からA学館に住んでいたそうで、それまで食堂でも一度も会わなかったことになる。東京理科大の応用数学科に通っているという。

その夜、彼の部屋を訪れてみた。「忍者屋敷みたいな所だぞ」と言う。乾燥しきったような板の階段を2階へと登ると、小さな板戸があり、それを開くと小さな階段がさらに天井裏へとのびていた。まるで猫の通る穴のようである。背を丸めて登って屋根裏の窓のついた3畳間にたどり着く。

小さな明かり窓、低い天井、そして本棚に小さな茶だんす。思ったよりこざっぱりしていて、隠者の住み家のようで感心した。

彼の淹れてくれたコーヒーを飲みながら、高校を卒業してからのあれこれを話していると、高校の頃はあまり話すこともなかった2人が広い東京の中でこうして出会って、同じ所に住んでいることに不思議な気持ちになる。

以前、ある知人の話であるが、彼がハワイの大学に留学した時に、そこの学生寮で、同室の南米からの学生と、「なあお前、こうして地球の反対側に遠く離れて住んでいたお前と俺が、こうして同じ屋根の下で、今こうして机を並べて生活していることを、何と不思議な事だと思わないか……」と語り合ったということを思い出したのであった。

その後、勉強に疲れた夜などは、ちょいちょい彼の部屋へ行っては話し込んだのである（私の部屋には机と本箱がわりのダンボール箱ぐらいしかなかったので、とても人など呼べなかった）。

既にA学館の隅々まで探検している彼の話では、「留学生」とは、地方の大学からの聴講生や研究生のことであり、A氏は苦学で一高（旧制高校）を出てから清貧困苦の独学をしてこの学生寮を建てるまでになった立志伝的人物だが、あんなに腰を低くしているくせに腹黒くて意地悪く、金をため込んでいるのだという。しかしながら、敷地内のあちらこちらには「勤勉」とか「誠実」とか書かれた額縁がかけられていたようだが……。そういえばある時、学館内の食堂の改善か何かをA氏に求めた学生がいたが、彼はA氏に「ヤクザだ」と言われ、はるばると新潟から両親を呼び寄せられて困っていたことなどがあった。しかし、現代にしては稀有な存在のA氏だと私は多少感心していた。

秋になった頃、近くのキリスト教の教会へ2人で探検に出かけたりしたこともあったが、大抵昼間は予備校に行っていたから、彼と話すのはほとんど夜から朝にかけてであった。

話の内容は大体決まっていて、お互いに読んだ小説の話とか、哲学、宗教、社会問題についてであり、特に彼は倉田百三の話に興味を示し、自称毒舌家で、時々ギターを弾きながら、あるいはロシア民謡の音楽を流しながら、「絶対の恋愛」などについて語っていたのである。

彼は、大学ではフォークダンス部に所属し、家庭教師のアルバイトをしたり、あるいは千鳥ヶ淵で一人でボートをこいだりして、結構充実した元気はつらつたる学生生活をしているような感じだった。夜を徹して「真実とは？」などと激論を交わしてから冷たい敷石を踏んで部屋へ帰る私まで何か力が湧いてくるような気がした。

その頃、私には人生や青春や社会について考えることは大学受験と同じように大切な、真剣な問題だったから、彼という話し相手がいることは嬉しいことだった。

秋の紅葉した木の葉が敷石を隠すようになる頃、彼の吹くハーモニカの音が時々私の部屋にも聞こえてきた。彼はあまり大学の勉強には関心を示さなくなり、忍者部屋で本を読んだり、ギターを弾いたり、ハーモニカを吹いているようになった気がする。

予備校の試験などに追われてしばらく彼の部屋を訪れなくなってから、久しぶりに訪ねると、今度はバイオリンを習い始めたという。

古いバイオリンを買ってきて、先生について習いだしたそうで、私は、ギターがうまいぐらいだからバイオリンもすぐに覚えるだろうと思っていたが、その夜のバイオリンはギーギー鳴っていたように思う。

入試も近くなり、その年の暮れのある日の朝方まで話してから、私はもう彼の部屋へは行かなくなった。時々、冷たい夜風に乗って、バイオリンの音が私の耳にも届いたりしていた。

その春、私は入試を終えた。うす暗い学館の中にも少しずつ花が咲き、暖かい日の光が窓の向こうの木立の中で光っていた。しかし、私はまた志望の大学の入試に落ちた。愕然としながら、彼とろくに話すこともなく、思い出のA学館を去ることになってしまった。そして、数学科の彼は、数学系だけ3科目落として留年することになったと後に聞いた。

あの屋根の下のバイオリン弾きは、今、信州の郷里の中学校の数学教師をして張り切っている。私は、その後、紆余曲折の末に何とか志望の学部に入ることが出来た。今は希望した仕事に就き、天職だと思っている。

私はもう一度、あの暗い屋根の下の3畳間で、うまくなったであろう彼のバイオリンを聞いてみたいのだが、あのA学館は火災にあってから新築して、昔の姿はもうない。

第6章

日々の香り

おまえはなにをして来たのだと
吹き来る風が云《い》う

久しぶりに故郷の山口に帰省した詩人の中原中也は、実家の風景に心を休ませていたが、ふとこう思った。

ああ　おまえはなにをして来たのだと……
吹き来る風が私に云《い》う
（中原中也　詩集『山羊の歌』から　詩「帰郷」の終
わりの言葉）

故郷を離れて暮らしている者は、久しぶりに故郷に帰るたびに、そう感じるのではないか？

幼い頃からそこで育ち、やがて中学や高校を出て、何かしら

の夢と期待の思いを胸に故郷を出て行き、新しい人生をがむしゃらに歩み出すのだが、ある時帰省してみると、故郷を出てからの自分の生き方は何だったのだろう？　と思い返す。そして、懐かしい故郷も、懐かしい風の音を立てて、こう問いかけてくるのだ。……今まで、おまえはなにをして来たのだと。

そう、私もまた野山を駆け巡った信州の田舎に帰るたびに、そういう思いが強くなる気がする。おまえはなにをして来たのだと。

〈参考文献〉

中原中也『山羊の歌』（日本図書センター）

私の方へしずかにしずかにくる人

ちょうど今から１１０年前の明治39年（１９０６年）に岡山県に生まれた永瀬清子さん（〜平成７年）というすぐれた詩人がいる。今日は、永瀬さんの詩集を読み返す機会があった。

詩の言葉のセンスは鋭く、当時の高等女学校の生徒だった頃から早くも詩に目覚めて詩誌の同人となり詩を書き始めている。その後、高村光太郎、深尾須磨子らと交流があり、昭和15年には詩集『諸国の天女』で名声を得た。戦後は農業に従事しながら詩作を続け、昭和38年からは世界連邦事務局にも勤務して世界平和のために力を尽くした。その後も、詩作の泉は枯れることがなかったという。１９８０年に火星と木星が大接近する際には、クリスチャンでもあったためなのか２０００年前の聖書のエピソードを絡めた「月と二つの星の擦過」という時空のスケールの大きい絶妙な題の詩なども書いている。

特筆すべきは、何と81歳で発表した詩集『あけがたにくる人よ』の秀逸さであろう。これで地球賞、現代詩女流賞を受賞している。

この『あけがたにくる人よ』を読み返すたびに、その中にある詩のなんとみずみずしい若い情感と優しい哀感にあふれていることかと、感心してしまう。確かな記憶力と思考力がある。

あけがたにくる人よ
ててっぽっぽうの声のする方から
私の所へしずかにしずかにくる人よ
一生の山坂は蒼くたとえようもなくきびしく
わたしはいま老いてしまって
ほかの年よりと同じに
若かった日のことを千万遍恋うている

その時私は家出しようとして
小さなバスケット一つをさげて
足は宙にふるえていた
どこへいくとも自分でわからず
恋している自分の心だけがたよりで
若さ、それは苦しさだった

その時あなたが来てくれればよかったのに
その時あなたは来てくれなかった
どんなに待っているか
道べりの柳の木に云えばよかったのか
吹く風の小さな渦に頼めばよかったのか
（以下、省略）

この明け方に来るはずだった人がどういう人だったか（恋人なのか、あるいはイエス・キリストのような存在なのか？）は明かされていないが、読む人の想像力を若い日の永瀬さんの姿に遡ってかきたてる。私は、まだまだこの詩を書いた永瀬さんの歳までほど遠いが、これほどの若い情感に富んだ詩のひらめきは浮かびそうにない。

今宵は、この詩の向こうから私の方へしずかにくる人がいる気がする。その気配が消えぬうちに、ここに書き留め、時折外から聞こえてくる秋の虫の音《ね》に耳を傾けながら休むとしよう。

〈参考文献〉
永瀬清子『あけがたにくる人よ』（思潮社）

戦いは至らなくとも、戦う者は至り着く

昨日、テレビでリオデジャネイロ・パラリンピック、男子陸上走り幅跳びのT42（片大腿切断など機能障害）の決勝戦を観た。競技には片足の大腿部を切断して義足を使う8人が出場。それぞれが6本ずつの跳躍を行いベストの記録を争う競技である。

日本人の山本篤選手は、1回目と2回目はファウルで記録なし。3回目はうまく跳べて3位に浮上。4本目で自ら手を打って会場内に手拍子を求めて気持ちを高めて意識を集中して思い切りジャンプし、自己ベストに並ぶ6m62cmを跳び2位に浮上した。さらに上位の金メダルを狙って5本目と6本目を跳んだが記録は伸びず、他の選手の最終ジャンプ待ちに。3位のデンマークの選手が記録を更新できず、山本選手は2位が確定して銀メダルを獲得した。

山本選手は高2の春にバイク事故で大腿部から左足を失い、その後、陸上競技を始めて、北京大会の走り幅跳びで銀メダルを獲得。さらにその後、走り幅跳びで世界選手権を連覇し、今年5月には6m56cmの世界記録を樹立している。その記録はすぐにデンマークの選手（今回の

銅メダリスト）に破られ、さらにそれをドイツの選手（今回の金メダリスト）が更新している。このリオ大会はこの3選手のし烈な真剣勝負の、まさに「天下一武道会」のような場であった。

試合が終わって、3選手の表情には達成感、充実感と満足感がにじみ出る明るい笑みがみられた。お互いに歩み寄って抱擁して互いの健闘を讃えあっていた。

メダルの色は違っても、それぞれに苦しい長い練習の末に求めていたものを極めたという思いがあったのだろうと感じた。


競技の戦いは頂点の金メダルに至らなくとも、戦う者は自らの苦闘の中で求めていた精神の極みに至り着くのだ。

それはスポーツ競技に限らず、人が生きていく中で何かの目標に向かって努力していく過程においても言えることだろうと思う。現実に何かを達成する（たとえばオリンピック競技の金メダル獲得や仕事の目標達成のような）ことに至ることにはもちろん大事な意味や意義はあるが、その戦いは至らなくとも、自らの意志と努力の戦いは別の天地に至り着くのだと信じたい。
＊「戦いは至らなくとも、戦う者は至り着く」……1968〜1970年の全共闘運動・学生運動時代の東大安田講堂の中の壁に残された籠城した学生の落書きにあった言葉と記憶するが今は定かではない。

この人を見よ、とつぶやく声がする……人が生きるということについて

今夜のテレビ番組の『奇跡体験！　アンビリバボー』で、96歳にして現役医師である梅木信子さんのドキュメンタリーが放送された。驚きの感動があり、戦争と人間の運命の関わりについて考えさせられた。

これまで、うかつにもこの女性の存在は知らなかった。既に、自叙伝『ひとりは安らぎ感謝のとき』をこの3月に株式会社KADOKAWAから出版していて、以前に別のテレビ番組の『主治医が見つかる診療所』に出演したり、関西のテレビ番組でも取り上げられたりした人物であることを知った。

先の戦時中に結婚目前の相手が戦死し、それがきっかけである意味偶然のように医師となり、その後一人で96歳まで現役医師を続けている女性である。ここに至るまでに、どれほどの葛藤と苦難があり、どれほど強い意志と理想に燃えてそれを乗り越えてきたのだろう？　同じよう

な戦時の若い男女の悲劇話はおそらく山のようにあったことと思うが、そこを生き抜いていった人の話には示唆深いものがある。

努める者は何時か恵まれる

今から約90年前、1928年の第9回オリンピック（アムステルダム五輪）の800m走で銀メダルを獲得した人見絹枝（1907－1931）さんは、日本女子初の五輪メダリストであり、100m走、200m走、走り幅跳びの元世界記録保持者であった。

この偉大なオリンピック選手の人見絹枝さんに関して、このようなことを新聞で読んだことがある。

人見さんは岡山県の村に生まれた。体格にも恵まれ、女学校時代に走り幅跳びで日本記録（非公認）を出し、現日本女子体育大学を卒業後は、専属コーチもいない当時の日本の女子陸上を世界レベルに高めようと男子選手に交じって限りない練習努力を重ねたようだ。その後、国際女子競技会に出場して100m走、200m走の世界記録を更新し個人優勝している。

1928年のアムステルダム五輪では各国の新聞記者からも金メダルが期待された100m

走で決勝に進めず落胆したが、悔しさで800m走に強行出場し、見事銀メダルに輝いた。なお、この当時、人見さんは女子走り幅跳びの世界記録保持者であったが、オリンピック種目にならず出場を逃している。この年は、日本では3・15事件があり、海外では張作霖爆殺事件が起きて日本の歴史はその後の軍国主義時代へ、戦争へと大きく揺れ動いていった時期であった。

その後、人見さんは、「男ではないか？」などと世間から中傷・偏見の目を浴びながらも日本女子陸上界の社会的地位向上と後輩作りに奔走して日本各地で講演したり若い後輩たちを連れて海外遠征を繰り返したりしたが体調を崩し、1931年に24歳の若さで肺炎で亡くなっている。

日本女子陸上界がその後にオリンピックでメダルを獲得したのは、さらに64年後の1992年の第25回バルセロナ五輪（有森裕子：マラソン銀メダル）であったことを考えると、人見さんがいかに抜きんでた陸上選手であったかがわかる。

その人一倍の練習努力を惜しまなかった人見さんの座右の銘が、「努める者は何時か恵まれる」という言葉であったという。しかし、誰よりも努めたアムステルダム五輪の100mでは念願のメダルは獲れなかった。努力は必ず報われるわけではない。この言葉の秀逸さは、「努める者は何時か報われる」ではなく、「努める者は何時か恵まれる」という表現であると私は思う。そう、努力する者は、現実的な形のある報酬を得ることはなくても、その努力の向こうに在る人としての成長、精神の達成感、充足感や幸福感、癒やしの世界に至り着くだろう……という気持ちを人見さんは語っているのではないだろうか。

努める者は何時か恵まれる……私もそう思って日々の仕事や生活に精進しようと思う。

１００年ほど前の、ある日の物語（ヘレン・ケラーとチャップリン）

ヘレン・ケラー（１８８０－１９６８）の生涯は映画にもなり、その視覚と聴覚の重複障害の人生は有名です。サリバン先生との出会いがあり、彼女の人生は大きく変わりました。その後、「盲人のために尽くすことが終生の使命」と確信した彼女は、盲人援護のための社会活動に全力を注ぎます。

１９１９年、彼女はハリウッドの誘いで喜劇役者チャールズ・チャップリン（１８８９－１９７７）と映画『救い』で共演を果たします。１９１９年に、ヘレン・ケラーがチャップリンと出会った時の写真を見たことがあります。ヘレンが黙って佇むチャップリンの顔を手で触っています。

見えないことに苦しんできたヘレンが喜劇役者のチャップリンの顔を触って、どんなことを感じ取っているのでしょう。そして、彼女を見つめながら、チャップリンは何を思っていたことでしょう。２人の出会いは、その後のお互いの人生にどんな影響を与えたのか？　ヘレンは不屈の精神を持ち、ユーモアと楽天主義が出会う人をことごとく虜にしたそうなので、きっとチャップリンも魅了されたに違いありません……興味のあるところです。今からもう100年ほど前の、ある日の物語です。

秋の日の　ヴィオロンの　ためいき〜ノルマンディー上陸作戦の詩

今日の東京は朝から快晴で雲一つない、いい青空である。知人のアメリカ人に「今日はいい天気だ」と言うと、英語で“Yah, beautiful day!”と言う。なぜ、「いい天気」を「美しい日」と言うのか少し疑問に思っていたが、確かにこういう絵に描いたような青空を見上げると、美しい日だと思ってしまう。本当にどこからどこまで、光り輝く美しい秋の日だ。さて、秋の日といえば、あのヴェルレーヌの詩を思い出す。

秋の日の
ギオロンの（ヴィオロンの）
ためいきの
身にしみて
ひたぶるに
うら悲し。（上田敏による訳）

有名なこの詩は、フランスの詩人ポール・ヴェルレーヌの詩の「秋の歌」（１８６７年）の冒頭の一節である。ヴィオロンとは楽器のバイオリン（violin）のこと。ヴェルレーヌ初の詩集で発表された。日本では上田敏の訳詩集『海潮音』の中で「落葉《らくよう》」として紹介されている。内容は美しい秋の日を称賛するわけではなく、秋の憂いを叙情豊かに歌い上げる詩である。

実は意外なことに、この詩が第二次世界大戦時のノルマンディー上陸作戦の際、フランスのレジスタンスに送る暗号として使用されていた歴史的な意味を持つ詩であったことは、今ではあまり知られていないかも知れない。

１９４４年６月６日のノルマンディー上陸作戦の際、フランス各地のレジスタンスに工作命令を出すための暗号として、「秋の歌」の冒頭が使われ、ＢＢＣのラジオ・ロンドルからフランス語放送で流されたのである。ラジオ・ロンドルは、ロンドンからフランス人に向けてフランス語で放送されたラジオ放送の名前で、内容は、歌や、ジョーク、小話のほか、個人的なメッセージも含んでいたという。この個人メッセージの中では、大陸にいるレジスタンス活動家たちへの暗号も流していた。当然、ナチス・ドイツは、このラジオを聴くことを禁止し、罰則を定めもしたが、人々がラジオ・ロンドルを聴くのを止めることはできなかった。

実際には前半の「秋の日の……」と後半の「身にしみて……」の二つに分けて放送され、「秋の日の……」が近いうちに連合軍の大規模な上陸作戦があることを、「身にしみて……」が48時間以内に上陸作戦が行われることを意味していたという。「秋の日の……」は6月1日、2日、3日に流され、「身にしみて……」は6月5日午後9時15分から数回にわたって放送された。当然、連合軍はノルマンディー上陸を最高の軍事機密とした。しかしドイツの優れた情報組織には暗号解読のための大掛かりな設備があり、ヴェルレーヌの詩もここで正しく解読され、作戦開始の前兆として、BBC放送がこの詩の「秋の日の　ギオロンの　ためいきの」を暗号として流すという情報をつかんでいたのである。

そして6月1日、午後9時のBBC放送中の『個人的なお便り』のコーナーでこの詩が流れた。ドイツ側もこれを傍受し、情報組織は直ちに主要部隊に「攻撃近し。厳戒せよ」との警告を発する。しかし、このとき、なぜかノルマンディー地方にいた第7軍には警報が伝えられなかったという。これにより、本土のレジスタンス活動家たちは、連合軍の上陸が間近であるということを知った。

6月3日、ドイツ軍西方部隊の最高指揮官であるロンメル将軍は天候の推移を見ながら、上陸作戦なしと判断し、妻へのプレゼントとして革靴を買いにパリに出かけ、ドイツ西方軍団は

「本日も侵攻切迫の情報なし」と総統大本営に通報した。ロンメル将軍は、連合軍の侵攻は6月20日以降と推定していたのであった。しかもドイツ軍は、連合軍の上陸の場所を、ノルマンディーよりずっと北のノール・パドカレー沿岸と想定していたのである。

6月4日、英仏間のドーバー海峡付近は激しい暴風雨に襲われていた。連合軍総司令官アイゼンハワー（後の米大統領）は作戦開始の1日延期を決定し、苦渋の末に「Dデイ（上陸作戦決行日）」は6日となった。このあたりは、アメリカ映画の『ノルマンディー　将軍アイゼンハワーの決断』の中に、イギリス軍モントゴメリー将軍、パットン将軍、チャーチル首相、ロンドンに亡命した自由フランスのド・ゴール将軍などとの駆け引き話を交えて詳しく描かれていて興味深い。迎え撃つドイツ側はこの悪天候は9日まで回復しないと想定し、前述のようにロンメル将軍のほか主要な指揮官はそろって休暇をとっていたわけである。

6月5日、欧州時間午後9時15分、情報組織は、「（この詩を）放送した日の夜半から48時間以内に上陸作戦が開始される」との暗号「秋の歌」第一節の後半「身にしみて　ひたぶるにうら悲し。」を傍受した。この時、既に連合軍の船団はノルマンディーの海岸まで4時間のところに集結していた。そして、暗号傍受後、わずか3時間で、1万8000名の要員から成るパラシュート部隊が真っ暗闇の田園地帯に降下しようとしていた。その場所は侵攻開始の警報を受けなかった唯一のドイツ軍部隊が展開している地域の真ん中であった。

こうしてノルマンディー上陸作戦はある意味奇跡的に成功し、連合国軍はナチス・ドイツに勝利した。ドイツにとっては、まさに「ギオロンのためいきの身にしみて、ひたぶるにうら悲し」い事態となったのである。

こんな美しい秋の日は、そんな70年ほど昔のヨーロッパの強者《つわもの》達の物語を思い浮かべながら、一人静かに、ヴィオロンのためいきのような音色を聞いてみたい。

〈参考文献〉

上田敏訳詩集『海潮音』新潮文庫（新潮社）

多様性の統合の機会〈リオ・オリンピック開会式開幕にあたって〉

開催施設工事の遅れが心配されていたリオ・オリンピックの開会式が行われ無事に開幕した。会場に流れるサンバの音楽の軽快なリズムにのって、世界各地からの出場選手たちが笑顔で嬉しそうに踊ったりしながら次々と入場してくる。シリア、スーダン、アフガニスタン、パレスチナなどの戦争状態や大きなテロ事件が起きた国々や、難民選手チームという国際団体もあった。

オリンピック開催責任者は、リオ・オリンピックはスポーツによって平和の実現と、世界の国々の多様性の統合が実現する機会になるというような意味の挨拶を述べた。今日、日本では「広島原爆の日」の平和記念式典が行われた。

不思議な1日だ。人間は、一方では残酷な戦争やテロや核兵器の暗い世界を嘆きながら、同時に他方では人類愛に満ちた友好と信頼の明るいスポーツを共有して平和な世界を作り出そうとしている。しかし、4年に1度とはいえ、世界の人々の関心が同じ一つのスポーツ競技大会に集まり、友愛の時間を共有することが、前者の忌むべき世界を変えていく力になるのだろう。

510年後の人類は何をしている？〈*In The Year 2525*〉

In The Year 2525（『西暦2525年』）は、アメリカのZager & Evans（ゼーガーとエバンス）の1969年のヒット曲。くだけた口語体の英文で簡明に作られた歌詞はわかりやすく、そのメロディーも一緒に口ずさみたくなるような覚えやすい調べである。

エバンスが、今（2015年）から51年前の1964年に作曲した。この曲は、当時の社会背景から環境破壊や人類の驕りを捉え、作曲から561年後の2525年から1万年先までの人類存続の危機に対する警鐘を歌ったものとされている。この曲を聴くと、よく、それほど壮大な人類の時間の流れを歌にしたものだと感心する。

作曲から51年経った今、人類はどう変わり、地球環境はどう変わったのだろう？　51年前よりも、少しでも賢く謙虚に己《おのれ》を知り、互いに尊敬し合い、愛し合い、共生の世界を築こうと行動し、そして地球とも大事に共存しようとしているだろうか？　昨今のさまざまな世界のニュースを見ても、残念ながらそうは思えない。作曲から561年後の2525年は、

2015年の今からまだ510年も先であり想像をはるかに超える。さらに1万年後の世界まで地球が存在し、人類が生き延びているとして、そこはどんな世界になっているだろう？

そんなことに思いを巡らしながら、心地よいテンポのこの曲を聴いて、今夜は眠りにつこう。

パリ同時多発テロ事件に思うこと：鳳凰《ほうおう》が舞い飛び、麒麟《きりん》が駆け回る日

想像上の動物にはいろいろある。

中でも、鳳凰と麒麟は、有徳の聖人が天子の位にある時に現れる瑞鳥と神獣であるといわれている。

人類の歴史の上に鳳凰が舞い飛び、麒麟が駆け回るのは、いつの日だろうか？

それは永遠の彼方にある日であるかも知れない。

しかし、鳳凰と麒麟は、特別の一人の聖王が現れた時にではなく、抗争と憎悪と理不尽な哀しみが絶えない愚かな歴史を繰り返している人類の魂が成熟して、敬意と愛情と笑顔が広く地上を包む時に舞い飛び、駆け回る日を、じっと人間を見つめながら、今日もまた密かに待って

いるのではないだろうか……。

その日を夢見る。

白洲次郎　と　天の配慮

久しぶりに、武相荘に行ってきました。東京郊外にある、戦前から白洲次郎と正子夫妻が住んでいた旧農家です。白洲次郎は、日本国憲法制定に最も深く関わっていた人物の一人です。吉田茂の側近であり、戦後の政治界で活躍も出来る人でしたが、自分は大臣にもならず、在野で日本の復興に貢献したのです。憲法制定をめぐって、ＧＨＱと英語で激しく争った日本人です。白洲次郎なしに、今の平和憲法は存在しませんでした。もし彼がいなければアメリカ政府や、マッカーサー率いるＧＨＱの言いなりの英文和訳の憲法になっていたでしょう。

武相荘は、白洲次郎が先の戦争の始まった頃に旧農家を買い取って改修して移り住んだ家で、白洲次郎の命名

武相荘の一角

ですが、今は貴重な資料館として家族らによって保存され、見学も出来ます。今日も、多くの人が見に来ていました。木々の繁る小さな山間にあります。

白洲次郎は、今で言えばセレブの息子で、若くしてイギリスに留学でき、ケンブリッジ大学で青春を謳歌し、イギリス英語を母国語のように身に付け、ヨーロッパから見た世界観、日本観の視点を得たわけです。戦前の時代に、そのようなめぐまれた環境にいられた日本人は、ほんの少数でしょう。

また、戦争開始後も都内に残っていたら、白洲次郎は空襲で亡くなっていたかも知れません。でも、戦争になれば食糧不足になることを予感して、東京の郊外に移り住み、武相荘で過ごしていたおかげで戦後まで生き延びることができました。

こうして、イギリス英語を流暢に話して、マッカーサーと対等に渡り合える日本人が出現したのです。そして、前述のように、白洲次郎の存在によって日本はアメリカの単純な属国化から免れたと言っても過言ではないと思います。

その昔、日本が大陸の強大な元《げん》の武力侵略から、かろうじて神風（台風のことでしょう）の出現によって救われたように、終戦後の白洲次郎の出現は、神風のように、天の配慮によってもたらされたのかも……と思ってしまいます。

〈参考文献〉

『文藝別冊　総特集　白洲次郎』（河出書房新社）

どこに行くんだい？

今日は風は強いが青天のいい天気でした。

昼休みの食事の後に、職場の窓から向こうを見上げると、どこまでも高く青い空に一つの白い雲がゆったりと浮かんでいました。

「おおい、どこに行くんだい？」と、どこかの詩人の詩のような言葉が湧いてきました。それは、自分に向けて言った言葉かも知れません。

ケサランパサランを見ましたか？

今日、ふと、昔テレビで一時話題になり、聞いたことのあるケサランパサランという言葉を思い出した。ケサランパサラン……面白い響きの言葉。でも、何だったかなあ？　……そこで、安直にネット上の、「ウィキペディア」で調べて、さらに画像検索をしてみた。そうだ、これだった！　見たことがあるような……ないような。幸せを呼ぶ謎の生物らしい。本当にそうなら、しっかりと見てみたいもの。

まだまだ世の中には、面白いものがあって楽しい。

誰か、ケサランパサランを見ましたか？

一説によると、ケサランパサランは江戸時代以降の民間伝承上の謎の生物とされる物体。外観は、タンポポの綿毛や兎の尻尾のようなフワフワした白い毛玉とされる。空中をフラフラと飛んでいると言われる。一つ一つが小さな妖力を持つ妖怪とも言われ、未確認生物として扱われることもある。

名前の由来については、スペイン語の「ケセラセラ」が語源だという説、「袈裟羅《けさら》・婆裟羅《ばさら》」という梵語が語源だという説、羽毛のようにパサパサしているからという説、「何がなんだかさっぱりわからん」を意味する東北地方の言葉との説、などがある。

正体は明らかではなく、〝動物の毛玉〟、〝植物の花の冠毛〟などいくつかの説がある。

穴の開いた桐の箱の中でおしろいを与えることで飼育でき、増殖したり、持ち主に幸せを呼んだりすると言われている。

ケサランパサランを持っているということはあまり人に知らせないほうがいいと言われているため、代々密かにケサランパサランを伝えている家もあるという伝説もある。

田植え唄

もたいなや　昼寝して聞く　田植え唄　（小林一茶）

先月あたりから、関東は田植えの季節です。桜前線のように、田植えの時期も日ごとに北へ北へと北上します。

信州の田舎にいた頃、農家の多い地方だったので、田植えの季節（５月）に小中学校では「田植え休み」というのが数日間ありました。親の田植えを子供たちも手伝うことが出来るようにするためです。農家でない家の子供たちには、嬉しい休暇ですが、親せきや隣近所の農家の田植えを手伝うこともあります。今は聞かなくなりましたが、田んぼの水に裸の足を入れて、みんなで稲を植えながら、一緒に歌を唄って作業に励むのです。

米作りは、農家にとっても、国民全体にとっても重要な仕事です。田んぼに苗を植えてから、秋に米を収穫するまで、長い時間を要し大変な労力が要ります。途中で台風が来て、田を荒らしてしまうかも知れません。スズメや害虫が稲をダメにしてしまうかも知れません。農家の人達の苦労は計り知れません。

一茶がどこかの家あたりで昼寝していると、どこからか、田植え唄が聞こえてきたのでしょう。小さい頃から、まわりの農家の様子を見て育ち、稲を育てる苦労をよく知っているので、農業に従事していない自分が、のんびりくつろいで昼寝しながら田植え唄を聞くなど、とてももったいなく申し訳ない気持ちになったのでしょう。一茶は思わず起き上がり、身を正したかも知れません。この時期、田植えを終えた田んぼを見る時は、その様子が目に浮かんできます。

小学校の頃、農家の子でない生徒のために、学校管理の田んぼで田植えの実習の授業がありました。稲を手にもって、裸の足で田んぼに入り、グニュウっと水で軟らかになった土を足で踏みながら、横一列になって、腰をかがめて、一つ一つ苗の束を土に植えていきます。あの足の指の間に入り込む泥土の感覚は忘れられません。

そして、国語の授業に出てきて覚えた、この一茶の句をよく思い出すこの頃です。

（補足：秋には「稲刈り休み」がありました）

雨のち晴れ　そして歌が聞こえる

今日は朝から大雨。こんな強い雨降りは久しぶり。雨を見ていると、気分はなんとなく重くなる気がするが、そのうちに、雨にちなんだメロディーが聞こえてきそうだ。

「雨」のつく歌はなんて多いんだろう。人は雨の降る様子を見たり、雨の落ちる音を聞いたりすると、そこに自分の人生の思いを重ねて、にわか詩人か哲学者になるのだろうか？

そして、いつの間にか雨の勢いは下火になり、遠くの空は少し明るくなっている。気がつけば、あっという間に雨は上がり、青空が広がっている。

心もいっきにすっきりと晴れ渡る気分になる。こんな時、心に浮かぶ「青空」のつく歌は、意外に少ないことに気がつく。何故だろう？　雨の時のようにセンチメンタルな気持ちにならないからか？　それとも、澄み渡った青空は、それ自体既に人の心に同化して特別な詩心が湧いてこないのだろうか？

あの青い空のように、澄みきった心になりたいのだが……。

う〜ん、この美しい青空を、もっと私の魂を揺さぶるように記述する歌が聞こえてこないものかな……。

インディアン・サマー（Indian summer）

もう10月の末になろうというのに、今日の日中はちょっと暑かった。昨日までの気温が低く寒かっただけに、今日の気候は思いがけない暑さになって驚いた。

以前、アメリカの北部に住んでいた時に、だいぶ涼しくなった9月の末に急にすごく暖かい日があった。地元の人が、それをインディアン・サマー（Indian summer）だと言っていたことを思い出す。このように、暑い夏が過ぎて、涼しくなった頃に、すっかり忘れていた暑さがぶり返して夏が戻ったかのような日のことをインディアン・サマーと呼ぶことを知った。

英語の辞書ではインディアン・サマーとは、北米で、晩秋から初冬にかけての日中に高温が続き、暖かく乾燥した気候のこととされている。日本語では、小春日和と訳されている。

その名前の由来は、この時期を利用してインディアン（アメリカ先住民：ネイティブ・アメリカン）が冬のために収穫物を貯蔵する作業を行う慣習をもっていたからという説もある。

しかし、地元の人の話では、その昔の西部開拓時代に、その辺を歩いたりしている時に、急に目の前に怖いインディアンが現れてビックリすることが語源のようだ。西部開拓民や騎兵隊が、インディアンの奇襲を恐れていたなごりではないかと思われる。それが真相であるなら、北米の地に後から突然やって来た侵略者の白人達が自分達の立場から勝手に名付けた言葉であり、先住民には不名誉で迷惑な言い方ではないかと思う。アメリカでは、まだ使われているのだろうか？

いずれにしても、現代ではアメリカ先住民をインディアンと呼ぶのは不適切・不適当とされている。

一方、日本語の小春日和という言葉はなんと情感あふれる可愛い呼び名だろう。

インディアン・サマー……これは、忘れてもいい言葉だなと一人思う秋の夜である。

この秋の空の向こうへ

今日は台風18号接近のため、冷たい雨が降っています。あの酷暑も過ぎ、秋の到来となりました。秋と言えば、昔はよく読書で一夜を明かしたものだったが……。そして、秋と言えば、私はあのアルチュール・ランボーの詩の一節をいつも思い出します。

「もう秋か。——それにしても、何故、永遠の太陽を惜しむのか、僕達はきよらかな光の発見に心ざす身ではないのか、——季節の上に死滅する人々からは遠く離れて。」

時の流れの中で、いつしか私も若い頃の驚きや恥じらい、感動や喜びや魂の高揚からも遠ざかり、日々の流れの中に魂もまどろみ、ぬくもりに浸って死滅しようとしているのか？　常に新たな光を求めて、この秋の空の向こうへ目を向けていこう……と思います。

〈引用文献〉
ランボオ作・小林秀雄訳『地獄の季節』岩波文庫（岩波書店）

青森駅は雪の中……ではなかったが

仕事絡みの用事で青森市に行ってきました（２０１５年）。青森市に行くのは初めてです。折しも、爆弾低気圧の襲来で青森も冷たい強風が吹いていましたが、日中は青空も出ていました。

東京駅からは、新幹線「はやぶさ」に乗り約3時間10分で新青森駅に到着し、そこから乗り換えてＪＲ奥羽本線で約６分で青森駅に着きます。青森駅から函館の方向に向かうＪＲ津軽線と弘前に向かうＪＲ奥羽本線が通っています。

青森駅……と聞くと、石川さゆりが歌った『津軽海峡冬景色』を思い浮かべますが、さすがにまだ10月に入ったばかりで、青森駅は雪の中……ではありませんでした。

青森駅付近には大きいビルはなく、駅前のスペースも県庁所在地の街の駅にしては狭く、市の中心街の賑わいに比べたら人数も少なくて何か奇妙な感じでした。駅前の商店街は、昼間からシャッターが下りた店が目立ち、乗り合わせたタクシーの年配の運転手が「ここはシャッター街だ」と嘆かわしそうに言っていたほどです。なぜでしょう？

用事が終わり、帰京の列車の時刻までに少し時間があったので、駅の近くにある港まで足を運んでみました。

青森駅から北に歩いて5分ほどで青森港に着きます。そこには、1908年（明治41年）から青函航路の連絡船が就航して、津軽海峡を渡って函館港との間で毎日多くの人々と貨物を運んでいた桟橋があります。1隻の連絡船に1200名ほどが乗れ、自動車や鉄道車両も載せられました。1954年（昭和29年）には台風により洞爺丸ほか4隻が沈没し1400名以上が犠牲になった歴史もあります。1964年（昭和39年）、東京オリンピック開催の年に就航したのが八甲田丸です。

鉄道車両を載せるため、港には連絡船の船尾扉と陸を結ぶ可動橋に接続してすぐ近くにある青森駅までの鉄道線路が敷かれていました。想像するまでもなく、青函連絡船が就航していた当時は、駅前から港までの一帯は多くの人で賑わっていたことでしょう。多くの商店や宿泊施設も盛況だったに違いありません。目に浮かびそうです。

しかし、1988年（昭和63年）3月13日に青函トンネルが開業し、青森駅―函館駅間の交通・流通ルートは海底トンネルで結ばれました。この日の夜、八甲田丸は最後の就航を終えて、青函連絡船の80年の歴史は幕を閉じたのです（その航行距離は地球2019周分にも及ぶ）。それ以降、青森駅と青森港を結ぶ地域の人の流れや生活の賑わいも大きく減っていくことになりました。

現在、八甲田丸は青函連絡船メモリアルシップとして当時の桟橋付近に係留されて展示され観光名所にもなっています。ちなみに、２０１４年は八甲田丸就航50周年でした。船内には、昔の青森市民の暮らしの様子を再現したジオラマの一部が展示されています。

青森駅は雪の中……ではなかったが、あのタクシー運転手の言葉を思い出すと、目に見えぬ雪がそこに静かに舞っているような気がしました。２０１６年3月26日には北海道新幹線が開業予定です。青森と函館は、今度は新幹線で青森駅を経由しないで結ばれるようになります。交通・流通の便はさらに良くなるでしょうが、青函連絡船と並んで「北へ帰る」人々の心の故郷であった青森駅はますます雪の中……にならぬよう願うばかりです。

サボテンの花とノームおじさん

今朝、郵便受けに入った朝刊を取ろうと、玄関の扉を開いて外に出た時、ふと右側にあるフェンスを見たら、そこに掛けたままにしてある小さな花かごの中に小さな赤い花が咲いているのが目に入った。忙しさにかまけて放っておいた小さなサボテンの花が咲いていたのだ。毎朝出かける時、夕方帰宅した際に、そのすぐ近くを通っているのに、気がつかなかった。

このサボテンは、今までめったに花を咲かせたことがない。

単純な形の目立たぬ小さな花であるが、今ここに咲いているよと私に見て欲しかったのか？　それとも、その隣に置いておいた西欧の伝説の小人の妖精ノームおじさ

んが、これまた放っておかれて寂しくて私に一緒に花見をしようと手招いてくれたのか？

この赤いとんがり帽子のノームおじさん、遠い昔に買ってから、ここに置いて晴れた日も雨の日もずっと家の外でそのままにしてきた。

小さいが、よく見ると可憐な花だ。

明日も、また見てあげよう。

ノームおじさんも……。

「どんど焼き」に行きますか？

今日、1月10日の夕方に地元の神社で催されている「どんど焼き」に行ってきました。こちらに住むようになって初めてです。正月に飾った玄関の小さな松飾りを処分したいと思ったからです。

この時期、「どんど焼き」があることなど、長らくすっかり忘れていました。先日、近所の神社のそばの道を通った時に、偶然、今日「どんど焼き」が夕方4時からあるとの貼り紙を見てわかったのです。「そうか、そうだった！」と、冬の田舎の子供の頃を思い出し、久しぶりにこの行事に参加してみようと思い立ったのです。

「どんど焼き」は、古くから日本に伝わる小正月（1月15日）の民間伝承行事。信州の田舎では「どんどん焼き」と言っていましたが、全国の地方により呼び名はいろいろあるようです。多くの地方では1月14日または15日に行われますが、こちらの神社では今日でした（神社や自治会、PTAなどの都合による？）。田んぼや空き地、神社の境内などに積み上げた木や杉の葉などに火をつけ、そこに正月に飾った松飾り、しめ縄、破魔矢、書き初めなどを持ち寄って投げ込んで焼くわけです。それを取り囲む大人や子供たちが、柳の木などに刺した団子や餅を火に入れて焼いて食べると、1年健康でいられるなどの言い伝えがあります。本来は、無病息災、五穀豊穣、豊年豊作、大漁などを祈る神事でもありました。今では、家内安全や子孫繁栄の願い、さらに厄払いを込めて行われているのが実情かも知れません。

子供の頃は、毎年正月が過ぎると、どんどん焼きが待ち遠しく楽しみでした。自分で団子を刺した柳の木の枝を手に持って、急いで雪の積もった道を歩いて会場に行くと、火の粉と煙が暗い寒空に舞い上がっていて、既に多くの人達が集まっていて賑やかです。そこの火で焼いた団子は黒くすすけていましたが、特別においしかったものです。

今日も、団子を焼いている子供たちの楽しそうな声が響いていました。会場の係の大人たちは、嬉しそうにみんなにコップ酒やお汁粉などを配って回っていました。地元の住民の皆さんに伝統的に伝わる確かな共同意識のようなものが炎の明るさで見えてくるような気がしました。

韓国でも、旧暦1月15日の小正月行事に、日本の「どんど焼き」に似た1年の健康と豊穣を祈願する行事があるようです。また、スウェーデンなどの北欧にも、4月30日（または5月1日）の夜に、たき火をして悪魔払いをする春のお祝い行事があるようです。

新年になってから（あるいは、春の息吹を迎えてから）住民が集まって燃やす火の炎には、来る日々の幸福や安全への希望を叶える力があるのかも知れません。

来年も、全国でこの素朴な「どんど焼き」の行事が続くことを願い、またここに来たいなあと思いながら、少しはずむ気持ちで夜道を帰りました。

赤い羽根を胸に

今日は朝から外出し、とある用事といっても床屋に散髪のため出かけましたが、その帰りに駅の近くで「赤い羽根にご協力お願いします！」と大きな声で大人達と小学生と思われる子供達のグループが行き交う人に呼び掛けていました。何気なく見ると、募金している人はほとんどなく、子供達はますます力の限り大きな声で呼びかけています。そういえば、ずいぶん長い間、赤い羽根を買っていなかったなと思い、ちょっと照れ臭かったが近くに寄り、「お金はいくらですか？」と1人の子供に聞いてみると「いくらでもいいんです」とのこと。それは困った……募金とはいえ適切な金額がわからない。ちょっと考えて100円玉を差し出しました。大きな声で「ありがとうございました！」と喜んで、小さな赤い羽根を1枚くれました。あれ？　昔は胸にとめるピンが付いていた気がしたが、ない。「裏にテープがついています」とのこと。時代は変わったと思いつつさっそくシャツの胸の上に「赤い羽根」をつけて歩いて家に帰ってきました。行き交う人は誰も羽根をつけておらず、異邦人になった気分でした。

「赤い羽根」……小学生の頃からなじみのある募金ですが、実際は何だったのか？　考えてみたら、よくわかっていない……主催者（中央共同募金会）サイトの説明によると、「赤い羽根共同募金は、民間の運動として戦後直後の1947（昭和22）年に、市民が主体の取り組みとしてスタートしました。当初は戦後復興の一助として、戦争の打撃をうけた福祉施設を中心に資金支援する活動としての機能を果たしてきました。その後、『社会福祉事業法（平成12年社会福祉法に改正）』という法律をもとに『民間の社会福祉の推進』に向けて、社会福祉事業の推進のために活用されてきました。そして70年たった今、社会が大きく変化する中で、さまざまな地域福祉の課題解決に取り組む、民間団体を支援する仕組みとして、また、市民のやさしさや思いやりを届ける運動として、共同募金は市民主体の運動を進めています。赤い羽根共同募金は、市民自らの行動を応援する、『じぶんの町を良くするしくみ。』です」とあります。募金の約70％は募金された地域で使われるようです。自分たちの町のための募金でした。まさに吹けば飛ぶような小さな羽根のお金だが、人のために有意義に使われるならそれも悪くない。あの呼びかけていた人達は、募金ボランティアでした。

この羽根の募金の使い道は知らなかったなあ。そういう羽根だったのか。この募金で助かる人達もいることだろう。もう少し金額を多くしておけば良かったと後悔しつつも、しばらく外出時はもらった赤い羽根を恥ずかしがらずに胸につけておこうと思った初秋の1日でした。

一日一善

昔、子供の頃に、「一日一善」という言葉を教わった。一日に一つはいいことをしよう……という意味である。出来ることなら、一日に一つは人のためになることをしよう……という含みもある。

いつも一日の終わりに近づくと、今日は何か一善をしたかなあ？　……と思って、しばし朝からの一日を思い返す。そして、明日は何か一善になることをしよう……と思うのが大半である。

さて、今日はどうだったか？　う〜ん、何もなかったかも知れない。明日こそ！　今日はこまでかな。

一日一善……わずか一善だが、難しい。

しかし、考えてみると、何が「善」なのかを誰が知り得よう？気がつかないうちに、一善を行っていたのかも知れない。あるいは、それをしたと思えていても「善」ではなかったのかも知れない。

一日一善……一日に一つはいいことをしようと思う気持ちを持つことが大事なのであろう。

贈る言葉……「気」、「心」、「人」、「己」、「腹」

気は長く
心は丸く
人を立て
己は小さく
腹を立てるな

これは、中学の卒業の頃に、担任教師が教室の黒板に書いてくれた生徒への贈る言葉です。

黒板には、白いチョークで、変な形や大きさの「気」、「心」、「人」、「己」、「腹」という5文字を書いたのです。そして、その読み方を教えてくれました。

気という字をすごく縦長に書き……「気は長く」と読む

心という字を真ん丸に書き……「心は丸く」と読む

人という字を縦長に書き……「人を立て」と読む

己という字をすごく小さく書き……「己は小さく」と読む

腹という字を横にして書き……「腹を立てるな」と読む

……中学を出てから後の人生の生き方を教えてくれたのでした。

今でも、心の底に、しっかりと覚えています。

青春の全てを費やしても惜しくないもの

人生終に奈何、是れ實に一大疑問にあらずや。生きて回天の雄圖を成し、死して千歳の功名を垂る、人生之を以て盡きたりとすべきか、予甚だ之に惑ふ。生前一杯の酒を樂しむ。何ぞ須ひん身後千載の名、人は只々行樂して已まんか、予甚だ之に惑ふ。蝸牛角上に何事をか争ふ。石火光中に此身を寄す、人は只々無常を悟りて終らんか、予甚だ之に惑ふ。吁、人生終に奈何。將た人は只々死するが爲に生れたるか。

（高山樗牛『人生終に奈何』より）

日本における近代自我の目覚めと、哲学的な人生への懐疑の象徴として、藤村操の『巌頭之感』（明治36年）は有名だが、藤村よりさらに早く、高山樗牛の『人生終に奈何』が世に出ている（明治24年）。その格調高い真剣な文章にあふれる若い苦悩は、すべての青春が一度は抱く「若い苦悩」であろう。

青春とは、何よりも悩みの時代ではないか。悩みと迷い、希望と挫折の繰り返しの中でこそ人間の成長があるはずだ。大切な事は、いかに悩んだか、だ。近代日本文学史上でも、青春の苦悩が生んだ作品には、藤村や高山らの吐息に通じるものがある。特徴ある手記文学とでも言おうか。国木田独歩の『欺かざるの記』、石川啄木の『ローマ字日記』、出隆の『哲学青年の手記』、阿部次郎の『三太郎の日記』、倉田百三の『青春の息の痕』、杉正俊の『郷愁記――若き哲学者の日記』、弘津正二の『若き哲学徒の手記』、池田浩平の『運命と摂理』、林尹夫の『わがいのち月明に燃ゆ』、原口統三の『二十歳のエチュード』、長沢延子の『友よ私が死んだからとて』、青木哲男の『愛と死と孤独』、生田春月の『真実に生きる悩み』、山崎宏の『若き哲学徒の手記』、広瀬明の『若き求道者の日記』、奥浩平の『青春の墓標』、高野悦子の『二十歳の原点』……などなど。

人生への懐疑は、自己への凝視を深める。真実を求め、真実を愛し、それ故にこそ悩むなら、青春の全てを費やしても惜しくない。

〈参考文献〉

高山樗牛『人生終に奈何』（青空文庫　Kindle版）

遠い地平線のかなたに

ツルゲーネフは、青春について、『はつ恋』の中でこのようなことを語っています。

「青春よ！　……ひょっとすると、お前の魅力の秘密はつまるところ、一切を成しうることにあるのではなくて、一切を成しうると考えることができるところに、あるのかもしれない」と。

人生そのものも、まさにそうかも知れない。私も遠い地平線のかなたに待つものに向かって、一切が成しうるのだとさえも信じ切って、あらゆる可能性の扉を、無垢な気持ちで思い切り叩いて進みたいと思います。

〈参考文献〉

ツルゲーネフ著　神西清訳『はつ恋』新潮文庫（新潮社）

無償の人間愛

溺れた女児を救助しようとした男性が死亡したというようなことを新聞で読んだことがあります。

痛ましい出来事でした。この男性は、溺れる子供を見て、とっさに助けに池に入ったのでしょう。目の前で助けを求める人を見ても、なかなか出来ることではありません。その子の親でもないのに、本当に無償の人間愛あふれる行動です。ほかに、助ける方法もあったのでは？無謀では？　という意見もあるかもしれませんが、私はそうは思いません。心から敬服します。

以前に、鉄道の遮断機の下りた踏切の中で、一人の女性が動けなくなっているのを近くで停車していた車の中で見た女性が、「助けなくちゃ」と言い残して、同乗していた父親の「もう間に合わないから」という言葉を振り切ってとっさに車から出て踏切に走って入り、倒れた女性を助けようとして一緒に電車にはねられて亡くなったという事故があったのを思い出します。

勇気ある行動をしたお二人のご冥福を祈るのみです。そして、もし自分が思いがけず同じような立場に立たされたら？　と考えさせられました。誠意ある生き方をしたいと思ってはいますが、その時どんな行動が出来るのか？　……きっと、何も考える暇もなく、とっさの判断を迫られると思いますが、どうなることやら……。

もくせいの香《かおり》

山本周五郎の『さぶ』という小説の中に、「おまえは気がつかなくとも……この爽やかな風にはもくせいの香が匂っている、心をしずめて息を吸えば、おまえにもその花の香が匂うだろう」と、様々な人生を花の香に例えた岡安喜兵衛の言葉があります。

心をしずめて、様々な人の心の奥深くから静かに漂ってくる魂の香に出会いたいものだと思っています。

〈参考文献〉
山本周五郎『さぶ』新潮文庫（新潮社）

宝石のごとくにして

青春は短い。
宝石のごとくにしてそれを惜しめ。

これは、倉田百三の著書の『愛と認識との出発』の中の言葉です。まことに、青春は短くて、かけがえのない宝石のような存在です。青春の途上にある時に、どれだけ「私は、青春を生きている！」と心から叫べたでしょうか？

青春は二度とない。どのように青春を生きようと、誰にも、同じように、風のように、いつの間にか青春はそっと去ってゆく。

人生も、同じこと。平均寿命が85歳くらいに延びたとしても……。

人生は思ったより短い。宝石のごとくにしてそれを惜しめ。

〈参考文献〉

倉田百三『愛と認識との出発』角川文庫（角川書店）

クリスチャンとは何でしょう?

ふと思うのですが、クリスチャンとは何でしょう? 私は、洗礼を受けようと受けまいと、教会に通おうと通うまいと、聖書を読み、イエスに思いを馳せて、心清く、人を思いやって、誠実に生きようとしている人のことだと思います。仏教徒も、イスラム教徒でも、同じことかと思います。

天ちゃん、今どこに？

いとこの知人の熱心なキリスト教の牧師が、ある時こうつぶやいてたそうです……「天ちゃん、今どこにいるのかなあ？」と。

宗教信者が言う神様は、一般的に目に見えず声も聞こえず……ですから、宗教理論でその存在を述べられても、宗教を持たない者にはその存在を明確に認めることは出来ないものです。その意味では、目に見えず声も聞こえずとも神の存在を誠実に信じ抜く宗教信者の信念の強さは、しばしば尊敬に値します。

先述の牧師も、見えざる神（天ちゃん）を信じてはいるが、正直に言えば時に不安になるのでしょう。それでも信じきろうとしているのですから、いつか神からお礼のお告げでもあればいいのに……と密かに思っています。

それにしても、神とは？　……よく、考えます。

この宇宙を存在せしめている見えざる（物理学的な）原理でしょうか？「神の数式」のようなものがあるのでしょうか？……よく、考えます。

天の倉に積むべきものは？

テレビの番組で、時折、芸能人などの豪華な衣服や装飾品、家屋などが披露される。自分で働いて得たお金で買うわけだから、それは何の問題もないが、いつかこの世を去る時に、そうした豪華な宝物を一緒に持って、別世界に旅立つことは出来ない。

宝は天の倉に積めと、イエスは諭すが、天の倉はどこにあるのだろう？　そもそも、天の倉に積むべき宝とは何だろう？　それは、たぶんに人の内面的な（心の）世界の話であろうと思うが、どれだけ今まで自分は天の倉に宝に値するものを積んできただろう？　と、思い返してみる。

天の倉に積むべきもの……誠実な態度、正直な言動、真面目な勤労、人への思いやり、いたわり、優しさ、気遣い、親切、……いろいろありそうだ。じっくりと数えながら生きてみたい。

わがクリスマスイブは過ぎゆく

クリスチャンではないので、今年もイブはツリーもケーキもメリークリスマスの歌もなしで過ごしました。

でも、毎年この夜は、はるか遠い地の星空の下の馬屋で生まれたイエスと、親になったばかりの2人に思いを馳せます。

そこで、何があったのだろう？　そこで、何が始まったのだろう？　と。

シェンロン（神龍）と三つの願い

シェンロン（神龍）は、鳥山明の漫画『ドラゴンボール』に出てくるドラゴンで、世界中に散らばるドラゴンボールを七つ集めると出現して、願いを三つだけ叶えてくれる（漫画の最初の頃は一つだったが）。今日、所用で京都に行き、京都駅前地下街（ポルタ）を歩いていたら、かなり大きなシェンロンの模型（高さ10ｍ近い）が飾ってあった。アニメの新作の宣伝かな。懐かしい。シェンロンが現れたから、どんな三つの願いを叶えてもらおう？　亡くなった人をも生き返らせるという（ただし、死んでから1年以上経過した者や、寿命などの自然死の場合は不可能らしい）。そうか……母は亡くなってからもう1年2カ月経つからダメか……。この貴重な三つの願い……いろいろ考えていたら、何もお願いをせずに地下街から帰ってしまった。自分にとって是非叶えたい三つの願いは何だろう？　世界の平和？　世界から病気がなくなること？　世界から理不尽に悲しい思いをしている人がいなくなりますように？……

う〜ん、究極の三つの願いを探し求めることが生きるということかも知れない。

〈参考文献〉

鳥山明『ドラゴンボール　巻一』（集英社）

天網恢恢疎にして漏らさず

天網恢恢疎にして漏らさず……とか。これは、『老子』の中の73章から引用されたことわざとして知られている。

その意味は、天の張る網は、広くて一見目が粗いようであるが、悪人を網の目から漏らすことはない。悪事を行えば必ず捕らえられ、天罰をこうむるということらしい。どんな悪人、悪事も見逃すことはない、決してすり抜けることが出来ない網の目であるなら、それはむしろ、天の網はきわめて緻密な網と言うべきだろう。どんなクモの糸の網もかなわない。

天網恢恢疎にして漏らさず……この意味を取り換えて、「天の張る網は、広くて一見目が粗いようであるが、善人を網の目から漏らすことはない。善事を行えば必ず認められ、いつかむくわれる」と解釈しても正解であって欲しい。

心痛む日

数日前の仕事帰りの時のことです。車が渋滞でとまってしまった時、ふと子供の声が聞こえて反対側の歩道を見ると、帰宅途中の小学生の兄（5年生くらい）と妹（3年生くらい）らしき2人が言い合いながらカバンの引っ張り合いをしていた。兄は乱暴に妹からカバンを取ろうと足で妹を蹴飛ばし、妹は転んで「兄ちゃん、イヤ〜！」と泣き叫んだ。しかし、そのまま兄は無視して先に帰ろうと歩き出す。私は思わず窓を開けて「こら〜！　そんなことしちゃダメだよ！」と大声を出して叱ったが、車の音で届かず。車をとめて出て行き、倒れた妹を助け起こそうかと思ったが、車列が動き出したので、そのまま運転して家路についた。まもなく雨になり、あの子は大丈夫か？　ちゃんと家に帰れたかな？　なんで妹を大事にしないんだろう？妹を泣かすなよ……と思いながら心痛む日になりました。

私の心訓七則

結婚式でのスピーチや会社の朝礼の挨拶などにしばしば引用される有名な教訓の一つに、慶応義塾大学創始者の福澤諭吉の言葉と伝えられている「福澤諭吉心訓七則」または「福澤心訓」なるものがあり、全部で次の七カ条から成っています。

「一：世の中で一番楽しく立派な事は一生涯を貫く仕事を持つと云う事です
一：世の中で一番みじめな事は人間として教養のない事です
一：世の中で一番さびしい事はする仕事のない事です
一：世の中で一番みにくい事は他人の生活をうらやむ事です
一：世の中で一番尊い事は人の為に奉仕し決して恩にきせない事です
一：世の中で一番美しい事はすべてのものに愛情を持つ事です
一：世の中で一番悲しい事はうそをつく事です」

いずれもなるほどと思わされる言葉ですが、実は、これらの「福澤心訓」は福澤諭吉の言葉ではなく、今では、別の誰かが作ったものだといわれています。慶応義塾大学もhomepageの中で「残念ながらこの心訓は福澤先生の言葉ではない。どこかの智恵者が勝手に、それもどうやら戦後になってしばらくしてから作り上げ、それをさも先生の発言であるかのように『福澤心訓』などと勿体らしく銘打ったにすぎない真赤な偽作である。」と明言しています。最後の教訓の「世の中で一番悲しい事はうそをつく事です」という美文が悲しいですね。

しかし、誰が真の作者であろうと、この素晴らしい「福澤諭吉心訓七則」を目にしたのだから、ここから「私の心訓七則」はどうなのか？　……を考えるなら、せっかく名言を読んだことが無駄にならない。先の七カ条については、いろいろな言い方が出来て、一つに絞り切れないが、敢えて書くなら、私はこう思います。いずれ更新があるかも知れません。

一：世の中で一番楽しく立派な事は人を愛する（好きになる）と云う事です
一：世の中で一番みじめな事は人から信じられない（信用されない）事です
一：世の中で一番さびしい事は心から打ち解けられる友達や家族がいない事です
一：世の中で一番みにくい事は人を横柄に扱う事です

一‥世の中で一番尊い事は人の立場を考える事です
一‥世の中で一番美しい事は人の気持ちを思いやる事です
一‥世の中で一番悲しい事は人を傷つけている自分に気がつかない事です

枯れ木も山の賑わい

枯れ木も山の賑わいとは、「つまらないものでも、無いよりはましであるということ。また、役に立たない者でも、いないよりはいたほうがましだということのたとえ」とされています。

これは、「何もない殺風景なはげ山よりも、たとえ枯れ木でもあれば山の趣を添えてくれ、風情を賑わしてくれるということから。自分のことを謙遜して言う言葉で、老人が若者に交じって何かをする際などに多く用いる」とも解されています。

そう、その職場、その人間関係の場において自分の存在価値や役割はないように思える時でも、いないよりは何かしら意味のあることだろう、わずかでも誰かの生きる力になっているだろうと思って、前向きな気持ちで生きていたいと思っています。

「タイガーマスク・伊達直人」はわが胸の中にも

3年ほど前の新聞にある匿名の男性の小さな記事が載っていたのを読んだことがある……漫画『タイガーマスク』の主人公・伊達直人の名で贈り物をする先駆けとなった男性が、児童養護施設を巣立った新成人3人に、振り袖の無償レンタルのプレゼントをする。プロレスの初代タイガーマスク、佐山聡《さとる》さんとの協力で実現した。1月13日の成人の日を前に施設を訪ね、晴れ着を渡す。男性は以前、児童相談所に伊達直人の名前で新品のランドセルを届けた。これがきっかけとなって全国規模の動きとなった。

この匿名の男性は、記事によると小学校に入る頃には両親がいなくて親戚の家を転々として育った。あるクリスマスの時に、サンタに「ランドセルをください」と手紙を書いたが願いはかなわなかったという。きっと、新しいランドセルは一度も買ってもらえずに小学生時代を過ごしたのかも。そんな子供の頃の体験から、児童養護施設にランドセルを無償で配ったのだろう。

児童養護施設を巣立った新成人の女性達には、まだ経済的に振り袖を着る余裕がないだろうと、今回のプレゼントを思いついたようだ。

この記事を読み、この男性の誠実で実直であるだろう人生に思いを馳せた。自分の心の中にも「タイガーマスク・伊達直人」の心意気が少し生まれたような気がする。

世の中で真面目ほど怖いものはない

『毛沢東語録』の中に、「世の中で真面目ほど怖いものはない」という言葉があります。その意味するところはいろいろ解釈できますが……、この言葉は好きです。

たとえば、「一念岩をも通す」ということわざがあります。これは、「どんなことでも一途に思いを込めてやれば成就する」、「物事をするときに、岩のように硬く大きな障害があったとしても、必死になって取り組めばその壁を乗り越え必ず成就させることができる」という意味のようです。それは、どんなことも真面目な気持ちで一生懸命に努力することが大事だという意味でもあると思います。逆に、真面目な努力なしには何事も成し得ない……ということにもなります。

真面目な気持ちを絶やさず努力を続けていけば、大きな仕事を成し得たり、社会や政治を変えたり、あるいは人類の幸福に役立つような医学的治療法や科学的発明を得られることもあるでしょう……それはいい意味で怖いことかと思います。

悪い意味で、たとえばストーカー行為のように、人を害するなど反社会的な行動も、思いつめて「真面目に」努力していけば成し得てしまう場合もあり……それはそれで怖いことだと思います。

〈参考文献〉
竹内実訳『毛沢東語録』（平凡社）

Time helps you.

何かをしている際に、なかなか思ったような成果が出なかったり、希望がかなわなかったりすることがある。それを達成しようとあれこれ知恵を絞って工夫したり、一層の努力をしたりしてみても、うまくいかないことがある。人生は、希望をもって夢を追い続ければ何でもかなうというものではない。そういう場合には、真面目な気持ちで努力をしていれば、そして、いつか必要な時間が経てば何事かの解決がやってくると思うのがよさそうだ。物事の成就や解決には、ある時間が必要だし、忍耐を続けていれば、その時間がいつか自分の努力を何かの形で実らせてくれる。

その昔、アメリカに留学していた頃、ある研究がなかなか成果が出ず、半年以上日々苦闘していた。ある日、いつも同じ研究室にいた無口なアメリカ人の中年の研究補助員が、こちらを見て、そっと一言つぶやいてくれた…… "Time helps you." と。短いが新鮮で示唆に富む言葉だった。それから1年の後に、やっと期待していた成果が出た。嬉しかった。

生きる力やヒントを与えてくれる（本の中の）素敵な言葉

生きる力やヒントを与えてくれる（本の中の）素敵な言葉は、数えきれないほどあります。

「未知を求めて遠く旅するものに神はそのパラダイスを開く。」

これは、コーランの中の一節だと、ある本の中で読んだことがあります。

大学予備校に通っていた頃に、御茶ノ水駅の近くの古本屋で８００円くらいで買った古びた和訳のコーランが手元にあります。コーランは正式にはクーランと言います。私はイスラム教徒ではありませんが、今も大事にしているいい言葉です。新約聖書あるいはイエスの言葉にも通じるところがありますが、コーランあるいはマホメットの言葉は、宗教的な教義というよりも、人間の生き方、社会道徳をやさしく具体的に人々に教えようとしているように思えます。当時は、聖書やコーランが、人生哲学や道徳の手引きの役目も果たしていたのではないかと思います。

〈参考文献〉

高木正孝『パタゴニア探検記』岩波新書（岩波書店）

時を超えて輝くもの

先週の土曜の夜に、とある小さなジャズバーにジャズを聴きに出かけた。店の中は狭く、あまり客は座れない。その夜のバンドは、学生時代に友達どうしでバンドチームを組んでいたというオールドボーイズ達（推定、平均70歳前後）。楽器は全部で六つくらい。ボーカルが1人。誰もが聞いたことのあるような50年代、60年代のジャズを次々と演奏してくれた。慣れた曲なのだろう……みんな楽しそうに体を躍らせながら演奏。傾けた帽子が板についている。もう50年くらいは、この仲間で全国から時々集まって演奏しているらしい。演奏の合間の休憩で、楽器を床に置いてビールやワインを飲みながら笑顔で軽い団らんのひと時。昔の若き日々を回想しあっているようだ。演奏し終わった充実感もそこにある。顔は老いたが、演奏の腕は昔取った杵柄で、さびていない。互いの楽器の腕を信頼しあっているのだろう。見事な一体感ある軽快なジャズだった。友情と音楽が時を超えて輝いていた。

高みに至り着いたら

高い目標があれば人はその過程での苦労にも耐えられる。そして高みに至り着いたら、しばしの和みの時間の後で、またそこから飛翔したい。

第7章

心の海

心の海

お年寄りの方となにかと話す機会があります。
最近、「何か言いたいことがあれば書いてください」と頼んで一筆書いてもらって心を留めたおじいさん、おばあさんの話を少し書き留めておきます。

足が悪くて、いつも家族が車いすに乗せて外出します。旅行が好きだったという女性。
↓「一人で、交通機関を使って旅に出たい」

いつも家族に申し訳ないと思っているのでしょうか。外に出るたびに、一人で自由に旅に出ていた頃を懐かしく思い出すのでしょうか。秘めたる思いに胸が熱くなりました。

かなりの認知症のある無口な男性。
↓「認知症にはなりたくない」

誰にも言わなかった気持ち、まわりの人に知って欲しかった気持ちなのでしょう。この人は、自分が置かれた立場がよくわかっているのだと思います。そのことによく気付いていなかった自分を恥じました。

人の心の海の広さ、深さを思い知る日々です。

心の海　その奥深さ

今日は、仲の良さそうな長年連れ添うお年寄りのご夫婦と話をしました。
いつもよりちょっと踏み込んで……「何か、お互いへひとこと言いたいことがあれば書いてください」と頼んで2人にそれぞれ一筆書いてもらいました……。

妻：軽い認知症のある女性です。すぐに、さっと書いてくれました。
↓「あなたが　とっても好きです」

これを読んで、思わず2人の顔を見て笑顔になりました。いいですね〜とつぶやきました。
次に、ご主人の一筆を読みました。黙って一気に書いてくれました。

夫：認知症はない元気な男性です。
↓「あなたが嫌いです」

あれれ〜？　なんてことを！

思わず2人の顔を見て、ポーカーフェイスになりました。

今日も、人の心の海の奥深さを知らされた思いです。

心の海　人の役に立ちたい

お年寄りの方と話をしていて、今日も、こんなことを紙に書いてくれたおばあさんがいて、これは日記に書き留めておきたいと思いました。

……「何かひとこと言いたいことがあれば書いてください」と頼んで一筆書いてもらいます。

足が悪くて、杖で歩いている認知症のある無口な女性です。

↓「病気が良くなって、人の役に立ちたい」

人の手助けを受けていることを負い目に感じたり、申し訳なく思ったり……あるいは、思うように動けない自分を残念に思っているのでしょうか。それでも、何か人の役に立ちたいと、いつも思って生きていることを知り、私も、「そうだ、自分も人の役に立つような生き方をしなくっちゃ」と思った次第です。

今日も、人の心の海の豊かさを知らされました。

人生で大事なこと

今日も、別の知人のおじいさんと話す機会がありました。認知症があり、高齢の伴侶の介護を受けています。難聴があり、筆談です。

とりとめのない日常の話をしてから、何か好きなことを書いてと頼んだら、こんなことを書いてくれました。

「人生で大事なことは、自分と家族を守ること」

大事にその紙をしまっておきます。

幸せになりたい

今日も、別のおじいさん（86歳）と話す機会があり、少し雑談をしました。

詳しい経歴は知りません。自分からあまり話さない、ぶっきらぼうな人です。少し、認知症もあるようです。60歳頃に脳梗塞になり、足が不自由で杖を使って歩いています。今日、聞いたところでは70歳頃に心筋梗塞で入院して大変だったとか。奥さんとは既に死別し、娘さんがいつも付き添っての外出です。

話を終える頃に、いつものように、紙とボールペンを渡して「何か好きなこと、人に話したいことを一言書いてください」と頼みました。ちょっとためらうように考えてから、こんなことを書いてくれました。

「幸せになりたい」

それを見て、言葉が詰まりました。

この人の八十数年間の人生が走馬灯のように、この言葉から浮かんで出てくるような気がしました。

70年前に戦争があった頃は10代の頃……それから戦後の混乱期を経てどんな人生を送ってきたのだろうか。何度か大病もして今は20年以上一人では外にも出られない。幸せになりたいと思わせた人生であったことは想像に難くありません。

それ以上は聞かずに、お元気でね～と言ってさようならをしました。

この紙も大事にしまっておきます。

第8章

生き物たち

啓蟄を待ち望む者達

いつも歩く道の端のコンクリートブロックの所に蟻の出入りする穴があります。その地下に蟻の巣があるが、寒くなると蟻たちは冬ごもりのため姿を見せなくなります。

最近、日中は暖かい日が続くので、そろそろ穴から1匹くらい出てくるかな？　と思って今日見てみたがまだ蟻の姿はありません。

いわゆる啓蟄（冬籠もりの虫が這い出ること）は例年3月5日〜6日頃らしいので、あと1カ月ほど先になりそうです。これからまた雪も降るだろうが、あの冷たいコンクリートの下で、蟻たちは啓蟄の時を待ち望んでいるだろうなと思って、元気に穴から出て歩き回るのを見るのが楽しみなこの頃です。

そういえば、全国の冷えた地面の下には何億、いや何千億以上の啓蟄を待ち望む者達が潜んでいるなあ……みんな無事に地上に顔を出せれば嬉しい。

ど根性ヒマワリ　ここにあり！

先日まで、この夏は暑かった。そんなある日、職場の裏道を歩いていたら、道端に、地面からすぐの所で茎が折れたヒマワリを見つけました。なぜ折れたのかはわかりません。

花は咲いていましたが、茎が鋭角に折れ曲がっているので、すぐに枯れるだろうと思いながら通り抜けました。その1週間後にそこを通ったら、まだしっかりと、前より元気に暑い日差しを浴びながら咲いていました。折れた先の茎はしっかりと頭をもたげ、太陽に向かっています。

以前に、舗装道路の端のわずかな隙間から、大根が顔を出している写真がテレビのニュースで話題になっていたことを思い出しました。

これは、ど根性ヒマワリだ！

誰かに別れを告げることもなく

あの猛烈に暑かった8月も、暑い暑いと言いながらもお盆を過ぎ、雨が続くようになって、あっという間に気温も下がり、初秋を迎えている。

朝から夜までうるさいくらいに鳴いていた蟬たちの鳴き声も、ぴたっと聞こえなくなってしまった。あの蟬たちは、どこに行ってしまったのだろう？

仰《あふ》のけに落ちて鳴きけり秋の蟬《せみ》（小林一茶）

秋に入り、蟬も、夏の輝ける日々に別れを告げるように、木にとまる力もなくなり地面に落ちて仰向けになり、それでも命の最後の力を振り絞って鳴いているところを一茶は見たのだろう。

蟬たちも、自然の摂理のあることを知っているのか知らずか、この世に生まれて、ひたむきに生きて、夏の終わりとともに、誰かに別れを告げることもなく、静かに命を終えていく。

土の上に仰向けになって鳴きながら、蟬は何を見ながら、何を思っていたのだろう。
一茶の句を思い出しながら、秋の訪れを感じるこの頃である。

夏の思い出……蛇も子を捜す

あれほど暑い、暑いと言ってばかりの夏も過ぎ、秋の長雨の日々の中に夏は忘れ去られようとしています。

夏の思い出は、今まで沢山ありますが、子供の頃の忘れられない思い出が一つあります。

信州の田舎で育ったので、小学生の頃は、よく兄たちと近くの山に遊びに出かけました。ある夏の日、山で遊んでいると一匹の白っぽい蛇を草むらに見つけました。まだ小さく、子供の蛇のようでした。それをみんなで棒でつついたりして遊んでから、誰かがつかまえて手に持って(?)帰ることになりました。しばらく歩いて麓の方まで降りてきた時に、ふと後ろを振り返ると、一匹の大きな長い白っぽい蛇が山の方から降りてきて近くで私達を見ているのです。

母親の蛇が、子供を追いかけてついて来た！　……と思いました。

蛇を持っていた子が、それを地面に放すと、さきほどの大きな蛇の方に這って行き、そのまま2匹は一緒になって山の方の草むらに消えて行きました。

きっと母親が迎えに来たに違いないと思い、ぞっとしました。放してあげてよかった、とみんな思いました。その後、あの2匹はどうなったのだろう？　今でも、忘れられない夏の思い出です。

昨日、一番嬉しかったカミキリ虫との出会い　―わが昆虫記―

昨日、一番嬉しかったことは、朝、出勤する時、家の玄関を出たところにあるコンクリートの道に、まるでナマケモノのようにゆっくりと歩く黒い虫を1匹見つけたことです。

見た目からカミキリ虫の一種だとは思いましたが、名前がわかりません。もしかしたら新種を発見？

ゆっくりとゆっくりと足を交互に前に出しながら移動していました。朝から暑くて疲れているのだろうか？　それとも、もう寿命が近いのか？　誰かに踏まれてはいけないし、蟻の餌食になってもいけないと思い、手に取って保護しようと思いました。黒くて姿がわかりにくいので、家に戻って白い紙を持ってきて道に置き、虫をその上に載せて観察しようと写真を撮りだしたら、そっけなく音もなく飛び立っていきました。

その後、ネットの昆虫図鑑で調べてみたら、たぶんゴマダラカミキリというカミキリ虫だと思います。

信州の田舎にいた子供の頃は、いろいろなカミキリ虫を見ましたが、名前まで調べようとは思いませんでした。身近のありふれた存在だったからかもしれません。

でも、こうして東京の片隅に住むようになってから、意外にカミキリ虫を見る機会はありません。久しぶりに見たカミキリ虫は元気がなく、「大丈夫か？」と声をかけたいくらいでしたが、さっと夏の青空に飛び立って行ったので、とりあえず大丈夫だろう。そう思うと、忘れていたカミキリ虫との突然の出会いがとても嬉しく、猛暑の1日も楽しい気分で仕事が出来ました。

また、あのカミキリ虫に会えたらいいなあ。

アシナガに窓ガラスとられて　―わが昆虫記　２―

その１

朝顔に釣瓶とられてもらひ水

これは、加賀の千代女（江戸時代の女性俳人。１７０３年に加賀国〈現在の石川県〉で出生。７歳で、〈はつ雁やそのあとからもあとからも〉の句を詠んだ天才少女。52歳で尼になり、73歳で没す）の代表作として知られている俳句です。……朝、井戸の水を汲みに来たら、井戸の釣瓶に朝顔のツルが巻き付いているのを見つけ、とてもそのツルを切って水を汲む気持ちになれず、そっとしておいて、近所で水をもらった、というわけです。

先日、部屋の換気のために、いつもカーテンを閉めている部屋の

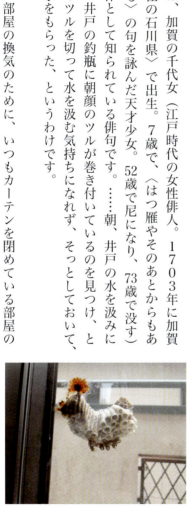

東側の窓ガラスを開けようと思って、ずいぶん久しぶりにカーテンを開けてみたら、おや？……窓ガラスの外側のやや下のあたりに、見慣れない塊が一つあったのです。あれ？　と思って、よく見たら、それは何とアシナガバチの巣でした（６㎝×10㎝くらい）。

いつの間に、こんなに立派な巣を作ったのだろう！　窓にそっと近づいて下から見上げると、沢山の巣穴の中に、幼虫が育っている。かいがいしく数匹の蜂たちが巣の上を歩いて世話をしている。何かに見られていることに気がついて、動きが止まり、こちらを凝視して警戒している蜂もいる。きっと、巣を離れてエサや蜜を求めて外勤している蜂たちもどこかにいるのだろう。

すべての幼虫たちが巣立つまで、この蜂たちの巣はそっとしておいてあげよう……と思いました。

しばらく、この窓ガラスは開けられません。

時折、カーテンの一部をそっとめくって、蜂たちの様子を見ています。もう慣れたのか、こちらを見つけても警戒している様子はありません。夜は、寝る前に、もう一度巣に変わりないかを見回してから寝るこの頃です。

　アシナガに窓ガラスとられて開けられず

（2015年8月26日　記）

その2

　その後、あの窓ガラスの蜂の巣は酷暑を耐え、秋の長雨の季節に入ってもゆるぐことなく健在です。

　蜂の巣の幼虫たちも、多くは部屋の穴を抜け出して成虫となって巣につかまっています。

　体長を測るとどれも約14㎜。小型で、フタモンアシナガバチ（二紋脚長蜂、学名：Polistes chinensis：体長14～18㎜）の特徴である腹部の黄色い二つの斑がみられないことと、反り返った巣を作っていることから、コアシナガバチ（小脚長蜂、学名：Polistes snelleni：体長11～17㎜）

と思われます。この蜂は、人家よりも林の低木の枝先や大きな葉の裏などに巣を作ることが多いようなので、人家の窓ガラスに巣を作るのは珍しいのかも。

もうそろそろ、みんな巣立つ頃かと思いますが、それとも、このあたりに天敵のスズメバチがいない安住のこの巣で冬を越す？　ＰＣの置いてある机から、いつでも巣が見えるので、楽しく見守っています。

（２０１５年9月6日　記）

その3

部屋の窓ガラスの外側に巣を作ったアシナガバチ達は、その後もみんな巣から離れずに仲良く暮らしています。

夜になって、こっそり部屋のカーテンを少し開けてのぞいてみると、みんな巣の下側につかまって、ピクリとも動かず熟睡しています。

手をそっと伸ばして近づけると、窓ガラスをはさんで巣まで１㎝以内。窓の内側から眠っている蜂をガラス越しになでなでしてみると、本当に触ってるかのようです。

これは貴重な観察の機会……ファーブルに憧れていた子供の頃に帰れそうです。

（２０１５年９月20日　記）

その４

夜はすっかり寒くなりました。厳しい冷え込みです。

あのアシナガバチ達はどうしているだろう？　部屋のカーテンを少しめくって窓ガラスをのぞいてみると、蜂の巣の下に４～５匹の蜂達が身動きもせずにつかまっていました。

既に巣の中の幼虫はみな育って、どの部屋も空です。

夏の頃、沢山の蜂達が巣にぶら下がっていていましたが、他の蜂達はいずこに？

巣の下のベランダの床の上には1匹も落ちていません。気温が下がり、多くの仲間はどこか冷えない木の穴や落ち葉の中などを見つけに飛び立ったのだろう。

残った蜂達は、この窓ガラスの巣で越冬するつもりなのか？

そっと毛布でも巣にかけてあげたいと思う秋深まる夜です。

（2015年10月31日　記）

その5

11月になり、日中もめっきり寒くなりました。

前回（10月31日：その後 4）から8日が経ちました。

昨夜から今日にかけて雨になり、ここの窓ガラスの外の大気も冷え込みます。あの4～5匹いたアシナガバチ達は大丈夫かな？　……と心配になり、昼間巣を観察しました。

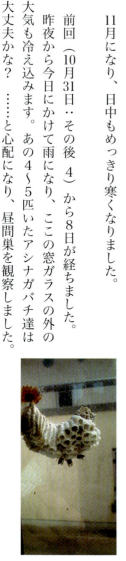

部屋の窓ガラスに作った蜂の巣の下には３匹の蜂達がつかまっていました。しかし、よく見るとどの蜂も８日前と同じ位置に同じ格好でつかまるようにしていて身じろぎもしません。足や腹部などの動きもみられません。さらに、どの蜂も頭部～上半身を空になった幼虫育児用の穴に突っ込んだ姿勢で、下半身と足だけを穴の外に出してじっとしています。成虫になり、身体が大きくなったので、もう元の巣穴に入り切れないのです。さきほど夜になって見ても、この３匹の蜂達は昼間とまったく同じ状態です。

もしかしたら、この３匹の蜂達は餌がなくて餓死、または既に寒さに耐えられず巣の穴に上半身を入れていたが凍死している？

そして、１匹だけ比較的元気に巣の上を歩き回っていた蜂が見当たりません。この蜂は女王蜂で、少なくなった仲間を見守ってきたが、この寒さの前にもはやこれまでと巣を離れて、どこかに越冬しに行ったのかも知れません。

そうか……ここまでだったのか……という驚きと深い悲しみと同時に、こんな所でよく頑張ってきたなと拍手と掛け声を贈りたい気持ちでいっぱいです。

３匹の蜂達の様子をもうしばらく観察してから、この窓ガラスを5カ月ぶりに開けて、巣に最後まで残った３匹の蜂達の生きてきた姿を見届けたいと思っています。

（２０１５年11月８日　記）

その6

前回（11月８日：その後５）から2日が経ちました。

昨夜も今日も雨で、夜は一段と寒くなりました。この雨で、巣はどうなっているだろう？と思い、先ほどカーテンを少しまくって巣を見てみました。うん？　お！　先日とは違う位置に蜂達がつかまっている?!

そう、彼らは生きていたのです！　暗いのと巣の位置の関係で観察できたのは2匹だけですが。

やはり、蜂達は頭部から上半身だけを幼虫のいた空の穴に入れてじっとしています。部屋の明かりが刺激になったのか、穴の外の足を少し動かすのを見ました。確かに生きている！

一瞬にして嬉しさと感動が胸に広がりました。

アシナガバチ達が、このような方法で晩秋〜冬の寒さをしのぎ越冬しようとしているのを観察したのは、蜂の生態学の世界では初の報告かも？

この残った蜂達が、これからどう生き延びていくのか？　越冬して春を迎えられるのか？　この窓ガラスはこのまま閉めたままで見守ろうと思います。

（２０１５年11月10日　記）

その7

11月15日は、ちょっと暖かい日でした。窓ガラスの外のアシナガバチの巣の下には２匹の蜂達がつかまってゆっくり動き回っていました。元気に動くのを見るのは久しぶりでした。窓ガラスに手を当てて動かすと、１匹の蜂が気づいて、こちらに向きを変えて羽を広げて威嚇してきました。

あ、認識してくれているんだなあと思うと、少し嬉しい仲間意識が生まれました。

それから2日後の11月17日の夜にカーテンを開けて巣を見ると、蜂の姿が見えません。あれ？　いなくなった？　夜なので、見にくいのかもと思い、様子をみることにしました。

翌日の11月18日の朝、巣をみると、どこにも蜂はいません。巣の穴にも入っていませんでした。まさに、もぬけの殻でした。

たぶん、先日の少し天気が良くて少し暖かい日に、この機会を待っていたとばかりに意を決して巣を離れて越冬する場所を探して移動したのでしょう。みんなで一緒に移動したのか、行き先はバラバラなのかはわかりません。

冷たい冬が来る前にいつか巣が空になることは予想していたが、思いがけず訪れたという感じです。まるで、「ロスト　アシナガバチ」という感じの喪失感があります。

念のため、巣を壊さないためにもうしばらく窓ガラスは開けないで、このまま蜂が戻って来るかどうかを観察しようと思っています。

（2015年11月20日　記）

その8

あれから、私の部屋のガラス戸に付いた蜂の巣にもしや蜂達が戻ってくるかも知れないとわずかな希望と期待を胸に毎日観察していましたが、やはり昨日まで戻って来ませんでした。

きっと、前回記述した天気が良くて暖かい日に、最後の数匹は巣から離れて寒い冬を越せる所を目指して飛び立ったのでしょう。考えてみたら、良い機会を見つけて移動したものです。あれから、日ごとに寒さは増して、冷たい雨も降り、そのまま巣につかまっていたら凍死したものと思われます。蜂には、小さなその体に身を守る能力と生き延びる知恵があるのかも知れません。

重なっているもう1枚のガラス戸を開けると、巣はガラスに付着していた茎のような所からきれいに切り離されて小さなベランダの床に落ちまし

た。巣はそのままの形を保っていました。手に取って巣の穴をのぞくと、どの穴ももぬけの殻でした。ここで生まれた幼虫達は順調に育って大人の蜂になり、順次巣立っていったのでしょう。灰色の巣の大きさは、長さ約８㎝、幅約５㎝、高さ約５㎝、重さ約１gでした。まるで丁寧に和紙を織り込んで作ったかのような、美しい模型のようです。

この夏から秋の小さな、けれど密かな楽しみの思い出の記念に、巣はそのまま透明ビニール袋に入れて、私の部屋に保存することにしました。

次の暖かい春が来て、暑い夏が来た時に、またこの窓ガラスに蜂達の巣が作られることを夢想して、この物語を終えます。

（２０１５年12月5日　記）

あとがき

月日は百代の過客にして、行かふ年も又旅人也（松尾芭蕉『おくのほそ道』より）とは、何と魅惑的に人生と世界を評した言葉だろう。いつもまだ21歳の気がして、心を躍らせて遠い未知の星を望遠鏡で追い求めるように今日までを生きてきたのだが、月日という過客は確かに私の上にもひそやかに通り過ぎている。

人の存在の理由と意味、人の生きる意味、宇宙の生まれたメカニズム、宇宙の果てはあるや無しや、時間とは何か、生き物たちの生きる姿とは……私が世界内存在として生まれてからの月日はまだ百代とまではいかないが、あれやこれやに好奇心を抱いて歩いてきた心の細道を振り返り、そこに現れては消えていったいろいろな形のものたちを見据えて感じたことを何気なく書き置いてきたエッセイに光を当てることは、これからの日々を刻む上で、何かしらの意義を生むのだろうと思い、この本に記録してみた。

またいつか、新しい過客に出会い、疑問を持ち、考え込み、思いが膨らみ、言葉となってエッセイが生まれて、本の形になる日がくれば幸せだ。

（掲載の写真はすべて著者撮影。表紙カバーの絵は著者16歳の時に描いた『時空の彼方へ』）

本書の出版の機会をいただきました東京図書出版のスタッフの皆様に深謝申し上げます。

矢崎俊二

２０１７年４月　東京にて

矢﨑　俊二（やさき　しゅんじ）

1951年、信州の山奥の村に生まれる。大学医学部卒業、同大学院（医学博士課程）修了。医学博士。米国留学、大学医学部准教授を経て、現在神奈川県の病院に勤務。大学医学部講師と医療大学非常勤講師を兼務。東京都在住。著書に詩集『青春という名の丘に来て』（東京図書出版）がある。

FOREVER AND A DAY

2017年８月15日　初版第１刷発行

著　者　矢﨑俊二
発行者　中田典昭
発行所　東京図書出版
発売元　株式会社 リフレ出版
〒113-0021　東京都文京区本駒込 3-10-4
電話 (03)3823-9171　FAX 0120-41-8080
印　刷　株式会社 ブレイン

ISBN978-4-86641-075-3 C0095
Printed in Japan 2017
日本音楽著作権協会（出）許諾第1706243-701号